# 飞花令

## 清新婉丽品宋词

陶然——编著

应急管理出版社

·北京·

**图书在版编目（CIP）数据**

飞花令·清新婉丽品宋词／陶然编著． -- 北京：
应急管理出版社，2022

ISBN 978 - 7 - 5020 - 7257 - 5

Ⅰ．①飞… Ⅱ．①陶… Ⅲ．①宋词—诗歌欣赏 Ⅳ．
①I207.23

中国版本图书馆 CIP 数据核字（2022）第 129846 号

**飞花令 清新婉丽品宋词**

| | |
|---|---|
| 编　　著 | 陶　然 |
| 责任编辑 | 高红勤 |
| 封面设计 | 薛　芳 |

| | |
|---|---|
| 出版发行 | 应急管理出版社（北京市朝阳区芍药居 35 号　100029） |
| 电　　话 | 010 - 84657898（总编室）　010 - 84657880（读者服务部） |
| 网　　址 | www.cciph.com.cn |
| 印　　刷 | 艺通印刷（天津）有限公司 |
| 经　　销 | 全国新华书店 |

| | |
|---|---|
| 开　　本 | 710mm×1000mm¹/₁₆　印张　16　字数　213 千字 |
| 版　　次 | 2022 年 11 月第 1 版　2022 年 11 月第 1 次印刷 |
| 社内编号 | 20220613　　　　　　定价　49.80 元 |

# 前言

唐诗、宋词、元曲为我国古代文学艺术不可逾越的高峰。我们应继承这种优秀文化遗产，并陶醉其中，习以修身。

实际上，爱上这些文化遗产是一件很容易的事情。拿起手中的书，随意翻开一页，我们就会被它们深深吸引。没有人不会被李白的纵情恣意、清新豪放所打动，在读到"两岸猿声啼不住，轻舟已过万重山"时，我们似乎也回到了千年前，与这位踌躇满志的诗人一起乘船顺水而下，看两岸目不暇接的青山，听一刻也不断绝的猿啼声。

就算你是个挑剔的阅读者，你依旧会被苏轼的才情折服。"相顾无言，惟有泪千行"，苏轼在梦中见到亡妻，想将自己这十年的遭遇都告诉她，想对她诉说自己的思念。可思念太深切，遭遇太坎坷，他竟不知从何说起，也不知该说些什么。最后，他与妻子相顾无言，千言万语都化作两行清泪。

若你觉得自己是个俗人，不妨试着阅读一些雅俗共赏的元曲。"俏冤家，在天涯，偏那里绿杨堪系马"，刚刚念完这一句，一位娇俏爽辣的女主人公便出现在我们面前。元曲中的女主人公，在表达自己的爱慕之情时，似乎比唐诗、宋词中的女子更大胆，"爱他时似爱初生月，喜他时似喜看梅梢月，想他时道几首西江月，盼他时似盼辰钩月"。读罢，即使是千年之后的我们，也感受到了女主人公的爱意。

天生是富贵公子，却不愿成为人间富贵花，这就是纳兰性德。他是几乎所有京城闺中女子的偶像，他的才华、风度、家世……无一不让世人羡慕。他含着金汤匙出生，一生极尽荣华。可是他并不快乐。"人到情多情转薄，而今真个悔多情。""我是人间惆怅客，知君何事泪纵横。""判教狼藉醉清樽，为问世间醒眼是何人。"……翻看纳兰词，我们可以感受到他的愁、怨、恨、不甘。可是，即使欣赏过他所有的作品，我们依旧无法说自己已读懂纳兰性德。

也许，对某些人来说，唐诗、宋词、元曲虽然精妙，却更像一位深居于高门大户中的小姐，美丽却遥远。直到他们发现了飞花令，发现原来这位大户人家的小姐也可以走入寻常百姓家中，与人们举杯共饮。

飞花令，是古代文人雅士在筵席中经常玩的一种文字游戏。同是行酒令，它可比"五魁首，六六六"要高雅得多。在古代，行酒令的形式多种多样，如先秦的射礼投壶令，即将箭矢投入细口壶中，中少者喝酒。不过，对文人雅士而言，飞花令能够探索汉字之玄妙，自然比射礼投壶令更有趣。

"飞花"二字源于唐代诗人韩翃《寒食》中的"春城无处不飞花"。虽然在唐朝有关"飞花"的诗句不少，如顾况的"飞花檐卜斿檀香"、薛稷的"飞花乱下珊瑚枝"等。但是因为韩翃是一位好酒者，所作诗文也多与饮酒有关，且他颇受当政者的喜爱，名气很大，所以"春城无处不飞花"被公认为飞花令的缘起。

最初的飞花令，规定所对的诗句中必须有"花"字，且对"花"

字出现的位置也有严格的要求。比如，第一个人对"花隐掖垣暮"，第一个字是"花"；第二个人可对"落花人独立"，因为第二个字是"花"；第三个人可对"感时花溅泪"；第四个人可对"白发悲花落"……依次类推。对飞花令的人，可吟诵前人的诗句，也可现场吟作。对于念错了诗句，或是答不上来的人，酒令官会命其喝酒。

到了后来，飞花令也不再是"花"字令的专属。"风"字令、"月"字令、"雪"字令……各种各样的飞花令出现在人们面前。《红楼梦》第一百一十七回也描写过飞花令。邢大舅在贾家外书房喝酒，和众人"喝着唱着劝酒"。贾蔷提议行"'月'字流觞令"，"还要酒面酒底"。不过，他们才说了三句，便被只会喝酒赌钱的邢大舅打断了，直说"没趣"，还说贾蔷"假斯文"。

后来，飞花令又产生了变化，出现了很多新的行令方法。比如，在行飞花令时，所对诗句中"花"在第几字，就由第几人喝酒。巴金的《家》中曾描写过这样的情景："淑英说一句'落花时节又逢君'，又该下边的淑华吃酒。"

飞花令的形式多种多样，除了对关键字，人们还可对描写同一个地方的诗句。如都是写西安的，人们可对"长安雪后似春归，积素凝华连曙晖""何处可为别，长安青绮门""滞雨长安夜，残灯独客愁"等。

到了现代，飞花令不再严格规定关键字的顺序，只要所对诗词中有此字即可。或许，对文人雅士来说，飞花令的内容和形式并不重要，重要的是行飞花令时的心情。魏晋时期，文人们坐在曲水边，将盛满酒的杯子放在上游，使其顺流而下。酒杯停下来，旁边的人就取而饮之，乘着酒意赋诗。其中意趣，"虽无丝竹管弦之盛，一觞一咏，亦足以畅叙幽情"（王羲之《兰亭集序》）。

　　本书以风、花、雪、月、春、江、夜、雨、山、林、云、水、天、地、人、情、酒、香、无、影二十个字展开行令。全书选取古文之精华，开篇对名句进行生动解析。文中有原文、注释、译文、赏析，在结尾还增加新栏目，为飞花令爱好者摘录不同飞花字令。本书引领广大读者近距离感受文人墨客情怀，启迪自我心智，陶冶情操，提升个人文学素养，一卷在手，含英咀华。

# 目 录

## 风花雪月

## 月

# 春江夜雨

## 春

## 江

# 山林云水

# 天地人情

# 酒香无影

# 风花雪月

风

"三杯两盏淡酒，怎敌他、晚来风急。"在读到李清照的这阕《声声慢》时，人们总会反复念诵这几句，仿佛自己也能感受到穿堂而过的晚风，体会到词人的寂寥。或许，并不是晚风感染了词人，而是词人为晚风添上了色彩。正如在行"风"字令时，有些人会回答"春风不解禁杨花，蒙蒙乱扑行人面"，而有些人会惆怅地叹一声"谁知道，断烟禁夜，满城似愁风雨"。

## 春风不解禁杨花，蒙蒙乱扑行人面

"春风不解禁杨花，蒙蒙乱扑行人面"出自晏殊《踏莎行》。此句中的"不解"写出了作者对春天已逝去，无法挽留的遗憾。同时，也写出了杨花的无所束缚，充满活力。整首词以写景为主，展示朦胧之美。

### 踏莎行①
晏　殊

小径红稀②，芳郊绿遍。高台树色阴阴见③。春风不解禁杨花，蒙蒙乱扑行人面。

翠叶藏莺，朱帘隔燕。炉香静逐游丝④转。一场愁梦酒醒时，斜阳却照深深院。

## 【注释】

①踏莎（suō）行：词牌名，又名喜朝天、柳长春、踏雪行、平阳兴、踏云行、潇潇雨等。双调小令，58字，上下片各三仄韵。

②红稀：花儿稀少、凋谢。

③阴阴见：暗暗显露。

④游丝：昆虫吐的丝。这里形容炉烟袅袅升腾之状。

## 【译文】

小路边的红花稀少，郊野遍地都是绿色，高台附近树木葱郁，已显幽暗之色。春风不知道管束柳絮，让它像毛毛雨一般扑向人的脸。

黄莺藏在绿叶中，珠帘将燕子隔在外面，炉火中的香烟如同游丝飘扬在空中。一场愁梦酒醒时，夕阳正照着深深的庭院。

## 【赏析】

这首词抒发了暮春怀人之情，上片写了郊外景，下片写了院中景。

上片"小径红稀，芳郊绿遍。高台树色阴阴见"，为我们刻画了一幅暮春情景，"稀""遍""见"三字带着读者跟随作者笔调走，观看事物的发展变化。"小径""芳郊""高台"，可见作者的视线明显变化，给人移步换景之感。"春风不解禁杨花，蒙蒙乱扑行人面"，也是一幅典型的暮春场景，词中的"杨花"是暮春时节的典型代表。同时，作者在此刻画情景时，明显将自己的情感带入，指责春风没管好柳絮，让它自由舞动，飞到行人脸上。"乱扑"生动地写出了柳絮纷飞的情景。

下片"翠叶藏莺，朱帘隔燕"，这两句刻画了室外和室内情景，"藏""隔"两字用法生动，写出了初夏繁茂、娴静的状态。"炉香静逐游丝转"，写室内炉火中的香烟，袅袅上升，已经不能辨别它是烟还是丝。"逐""转"都是表达动作的词，此处用这两个字衬托了屋内的寂静。"一场愁梦酒醒时，斜阳却照深深院"，作者酒后醒来，已经傍晚时分，此刻夕阳照着庭院。此处的"愁梦"说明作者之梦应该跟春愁相关，一个"却"字描写出了作者醒来之后，发现依旧是天明的情景，可见作者对初夏昼长难熬的无奈，也流露出他淡淡的哀愁。

**【飞花解语】**

"翠叶藏莺，朱帘隔燕。炉香静逐游丝转"可以对"香"字令。

"一场愁梦酒醒时，斜阳却照深深院"可以对"酒"字令。


# 春风只在园西畔，荠菜花繁胡蝶乱


"春风只在园西畔，荠菜花繁胡蝶乱"出自严仁的《玉楼春·春思》。"只在"写出了作者对春风的不满，只顾将春留在了园中；"花繁"不仅写出荠菜长势繁茂，更写出女子无心打理它。整首词景中融情，令全词融为一体。


## 玉楼春①·春思
### 严 仁

春风只在园西畔，荠菜花繁胡蝶乱。冰池晴绿②照还空，香径落红吹已断。

意长翻恨游丝短，尽日相思罗带缓③。宝奁④明月不欺人，明日归来君试看。

**【注释】**

①玉楼春：词牌名，亦称木兰花、春晓曲、西湖曲等。双调56字，

前后阕格式相同，各三仄韵，一韵到底。

②晴绿：指池水碧绿。

③罗带缓：因体瘦而衣带变松。

④宝奁（lián）：华贵的梳妆镜匣。

## 【译文】

春风只在庭园西畔徘徊，荠菜花开得正繁茂，蝴蝶也忙乱地飞来飞去。清澈的池水碧绿，一片空明，香径上的花儿已经落尽，就连小路上的花瓣也被吹得老远。

我的相思很深很长，恨那游丝太短。整天为相思断肠，因体瘦而衣带渐宽。打开华贵的梳妆镜匣，镜子如明月是不会欺骗人的，等着明日你归来，亲自看一看我憔悴的容貌。

## 【赏析】

这是一首闺情之作，上片写春景，下片写怀人之情。

上片"春风只在园西畔，荠菜花繁胡蝶乱"，作者给我们刻画了一幅春景图，将春风、园畔、荠菜花、蝴蝶等事物搭配在一起，给人一种美感。"只在"二字写出一丝埋怨，春风只停留在园西畔，却不去深宅大院。荠菜是一种可以食用的野菜，而思妇却没有采摘，而是任其生长，才有后来的"花繁"。这里的"繁""乱"分别写了荠菜花、蝴蝶的状态，真切地反映了春事已深。"冰池晴绿照还空，香径落红吹已断"，作者通过思妇的目光，将注意力转到了池塘、花径上。"照还空"写出了池塘在阳光照射下，是那样的透明。"吹已断"描写风儿将花儿都吹落的情景。作者通过池水、花径，写出了思妇心中的寂寞、眼中的相思，看似写景，实则写情。

下片"意长翻恨游丝短，尽日相思罗带缓"，这两句写了思妇的相思之情。"游丝"本来是昆虫吐的丝，作者此处将它和思妇心中的愁思做比较，突出思妇情意更长。"宝奁明月不欺人，明日归来君试看"这两句采用了设想，作者并没有直接抒发思妇心中的思念，反而通过描写思妇看着镜中自己的憔悴容貌，想着郎君早日回来看自己，来表达思妇的思念之情。

本词采用了反衬、间接、白描等手法，新颖别致，令整首词婉转、真切。

**【飞花解语】**

"冰池晴绿照还空，香径落红吹已断"可以对"香"字令。

"宝奁明月不欺人，明日归来君试看"可以对"月"字令。

# 最妨它、佳约风流，钿车不到杜陵路

"最妨它、佳约风流，钿车不到杜陵路"出自史达祖的《绮罗香·咏春雨》。写出了春雨阻隔了佳约，景中融情。整首词在咏春雨，虽然词中没有写到雨，在品读本词时，你会发现句句都和雨相关。

## 绮罗香①·咏春雨
### 史达祖

做冷欺花②，将③烟困柳，千里偷催春暮。尽日冥迷，愁里欲飞还住。惊粉重、蝶宿西园，喜泥润、燕归南浦。最妨它、佳约风流，钿车④不到杜陵路。

沉沉江上望极，还被春潮晚急，难寻官渡⑤。隐约遥峰，和泪谢娘⑥眉妩。临断岸、新绿生时，是落红、带愁流处。记当日、门掩梨花，剪灯深夜语。

**【注释】**

①绮罗香：史达祖创调，此词为正体，双调104字，仄韵。

②做冷欺花：春天寒冷，妨碍了花儿的开放。做：使。

③将：以。

④钿车：用珠宝装饰的车，古时为贵族妇女所乘。

⑤官渡：官家的渡口。

⑥谢娘：即谢秋娘，唐代歌伎名，后泛指歌伎。

**【译文】**

老天像是故意制造寒冷的气息，欺负娇嫩的春花，烟雾笼罩着杨柳，偷偷催促早春走向暮春。整日昏暗迷蒙，满腹忧愁，想飞却又停住了。蝴蝶湿了翅膀，惊讶蝶粉加重，纷纷飞到西园栖息；春燕在湿润的泥土中，衔泥回巢。最妨碍的是耽搁了和佳人的约会，满地的泥泞令马车很难到达约会的地方。

眺望江边，暮霭沉沉，晚来春潮水急，很难让行人寻找到官家的渡口。远处的山峰隐约可见，如同美人的眼睛、眉毛。靠近残断的河岸，新绿萌生，水上漂着吹落的残花，带着愁意，流向远处。记得当时梨花掩在门后，我和美人深夜剪灯谈心。

**【赏析】**

这是一首写春雨的词，上片写了雨中的花柳及因雨误了约会的情人；下片写了雨中山水及有情人因雨相隔。

上片"做冷欺花，将烟困柳，千里偷催春暮"三句刻画了烟雨迷蒙中的户外景色。作者用语生动，运用"欺""困""偷"等带有拟人手法的字，让读者如身临其境般感受作者当时所处的环境，给人以遐想。"尽日冥迷，愁里欲飞还住"继续写了春雨情景。此处第一句刻画春雨的静态，而下句却写了春雨缠绵不断，重点突出雨的动。动静结合，让读者面前呈现出生动的画面。一个"愁"字，奠定了整首词的基调。

"惊粉重、蝶宿西园，喜泥润、燕归南浦"，此处作者并没有继续写春雨，而是转写燕子、蝴蝶的活动。雨水打湿了蝴蝶翅膀，只能停歇在西园，而燕子却忙于衔泥土筑巢，这样的画面给读者一种凄凉美。此处对蝴蝶、燕子的刻画使语境更加开阔，同时以蝴蝶、燕子的欢快衬托出作者的黯然心境。"最妙它、佳约风流，钿车不到杜陵路"，此处写正是因为雨不断下着，才令心爱的人不能如约而至，令约会化作乌有，可谓融情入景。

下片"沉沉江上望极，还被春潮晚急，难寻官渡"，写出傍晚时分涨潮，作者站在岸边遥望的情景。"难寻官渡"，涨潮令官渡看不到了，此处可读出作者浓浓的忧愁。"隐约遥峰，和泪谢娘眉妩"，此处的谢娘指代作者的心上人，上片中的"最妙它、佳约风流"，雨水阻碍了与佳人相会。同时，作者从意中人入笔，想着意中人可能因见不到自己而落泪，侧面写出了作者对意中人的思念之情。"临断岸、新绿生时，是落红、带愁流处"，继续写作者的忧愁，春雨阻隔了约会，此时唯有相思。作者看着眼前流水带走了落花，所以想要让流水也将自己心中的愁带去，可见其愁之深。"记当日、门掩梨花，剪灯深夜语"是作者对往事的回忆，感慨如今自己孤身一人，此恨绵绵。

整首词构思巧妙，虽然全词并没有提到雨，但字字蕴含着春雨，整首词抒发了作者的愁情，最后一句是全词构思独特的地方，令人回味无穷。

**【飞花解语】**

"做冷欺花，将烟困柳，千里偷催春暮"可对"花"字令。

"记当日、门掩梨花，剪灯深夜语"可对"夜"字令。

# 谁知道，断烟禁夜，满城似愁风雨

"谁知道，断烟禁夜，满城似愁风雨"出自刘辰翁的《永遇乐》。"满城似愁风雨"是在通过景物做比喻，写出对临安沦陷，作者心中的悲愁。整首词情景交织，令人回味无穷。

## 永遇乐
### 刘辰翁

璧月初晴①，黛云②远淡，春事谁主？禁苑娇寒③，湖堤倦暖，前度遽如许。香尘暗陌④，华灯明昼，长是懒携手去。谁知道，断烟禁夜，满城似愁风雨。

宣和旧日⑤，临安南渡，芳景犹自如故。缃帙⑥流离，风鬟三五，能赋词最苦。江南无路，鄜州今夜，此苦又谁知否？空相对，残釭⑦无寐，满村社鼓。

【注释】

①璧月初晴：暮雨初晴，璧月上升。

②黛云：青绿色、像眉似的薄云。

③禁苑娇寒：皇帝花园不许宫外人游玩，故称禁苑。娇寒，微寒。

④香尘暗陌：街道上尘土飞扬，往来车马很多。

⑤宣和旧日：指宋徽宗宣和年间汴京的繁华盛况。

⑥缃帙：书卷。

⑦残釭：残灯。

【译文】

暮雨初晴，碧玉般的圆月升上天空，天空中黛色的云儿飘动，美好的春景属于谁？想当年，临安春日，清寒笼罩宫廷，堤上有暖意，令人心生困倦。如今又来到这里，想不到变化如此之快。上元日傍晚的临安真热闹，车水马龙，香味四起，尘土遮暗了道路，各色华灯将临安街道照得如同白昼一般。如此热闹的场景，我总是无心和人们携手同去观赏。谁知道如今在这禁火的寒夜里，满城如同愁风凄雨。

还记得宣和旧日，直到南渡临安，上元夜甚是热闹如前。南渡的时候，弄丢了全部的书册古玩，正月十五夜容颜憔悴、头发纷乱，只能作词表达痛苦心情。如今的我飘零在江南，前方无路，想起被叛军困在长安的杜甫，月夜中思念亲人，心怀国家，我的痛苦谁能理解？空对着残灯，整夜无眠，外面传来满村的社鼓。

## 【赏析】

这首词通过描写回忆与现实，结合昔日繁盛，发出自己的感慨。上片从现实入手，下片展开回忆，表述自己的感慨。

上片"璧月初晴，黛云远淡"，作者刻画了一个夜间月儿高挂天空的恬淡情景，"春事谁主"此句抒发了作者的感情，联系上两句，此句有点儿突兀，却写出了作者的伤心。"禁苑娇寒，湖堤倦暖，前度遽如许"回忆当年临安春日情景。"香尘暗陌，华灯明昼"描写了元宵佳节的盛况，"长是懒携手去"面对眼前热闹场景，自己却没有丝毫赏玩之心，一个"懒"字，可知其心情。"谁知道，断烟禁夜，满城似愁风雨"从回忆到眼前情景，可见临安今非昔比，这里通过对比写出了作者的愤慨之情。

下片"宣和旧日，临安南渡，芳景犹自如故"这三句是对过去的回忆。"江南无路，鄜州今夜，此苦又谁知否"写出了战乱后颠沛流离的生活，其中苦楚不言而喻。"空相对，残釭无寐，满村社鼓"将自己的愁闷和满村的欢乐做对比，更显悲苦。

整首词情景交融，上片引起下片，结尾借景抒情，令人回味。

**【飞花解语】**

"香尘暗陌，华灯明昼，长是懒携手去"可对"香"字令。

"江南无路，鄜州今夜，此苦又谁知否"可对"夜"字令。

# 玉骨西风，恨最恨、闲却新凉时节

"玉骨西风，恨最恨、闲却新凉时节"出自周密的《玉京秋》。"玉骨"写女子的妩媚，"闲却"二字写出了作者功名未立的感慨。整首词韵律优美，以景衬情，兴象空灵，造诣极高，影响深远。

## 玉京秋①
### 周　密

烟水阔。高林弄残照，晚蜩②凄切。碧砧③度韵，银床飘叶。衣湿桐阴露冷，采凉花，时赋秋雪④。叹轻别，一襟幽事，砌蛩⑤能说。

客思吟商⑥还怯。怨歌长、琼壶暗缺⑦。翠扇恩疏⑧，红衣⑨香褪，翻成消歇。玉骨⑩西风，恨最恨、闲却新凉时节。楚箫咽，谁倚西楼淡月。

**【注释】**

①玉京秋：词牌名，为宋末词人周密的自度曲，属夹钟羽调，词咏调名本意。全调共两片，此调91字。

②蜩（tiáo）：蝉。

③碧砧：捣衣青石。

④秋雪：指芦花，即所采之凉花。

⑤砌蛩：台阶下的蟋蟀。

⑥吟商：吟咏秋天。

⑦琼壶暗缺：敲玉壶为节拍，使壶口损缺。

⑧翠扇恩疏：由于天凉，主人已捐弃扇子。

⑨红衣：指荷花。

⑩玉骨：以玉为骨，言其俊爽、高洁。

## 【译文】

轻烟笼罩水面，余晖落在高高的树梢上，寒蝉悲叫。绿水中的捣衣青石伴随着打击发出规律的声音，井栏周围飞舞着落叶。伫立在梧桐树下，露水冰冷打湿了衣服，采一枝芦花，不时吟咏白色似雪的芦花。我感叹和她离别后，满腔哀愁，台阶下蟋蟀像是替我低声诉说。

客居想着吟咏秋天，只觉得心情寒怯。哀歌绵长，琼壶残缺。如同夏日的团扇已被捐弃，如同鲜艳的荷花日渐枯萎凋谢、香味逐渐褪去，昔日生机不复存在。瘦骨吹着西风，恨只恨，白白虚度了这凉爽的时节。远处传来呜咽的箫声，是谁披着淡月独倚在西楼聆听？

## 【赏析】

这首词就吟秋而作，抒发了怨恨情怀，上片写了黄昏时所见所闻，下片写西楼淡月的怨恨之情。

上片"烟水阔。高林弄残照，晚蜩凄切"，眼望江波，给人以开阔的眼界，作者描写景色由远及近，一个"弄"字写出了词的气势。"衣湿桐阴露冷，采凉花，时赋秋雪"写了悲秋之人，独自一人伫立在梧桐树下，露水打湿了衣服，这不禁令人想到了"秋水伊人"。"叹轻别"感慨离别之后相见无期，"砌蛩能说"蟋蟀的鸣叫仿佛懂得作者的心声，替他诉说心中的不畅。

下片"翠扇恩疏，红衣香褪，翻成消歇"，描写了残荷凋零的景象，写出了秋思绵长。"恩疏""香褪""消歇"以渐进手法写出事物的变化。"楚箫咽，谁倚西楼淡月"，结尾以写景、设问结束，给读者

无限想象。

整首词构思严密，风格高雅，用词精练，形象刻画景物，引读者深入其中，体会作者绵绵秋思。

## 【飞花解语】

"烟水阔。高林弄残照，晚蜩凄切"可对"水"字令。

"翠扇恩疏，红衣香褪，翻成消歇"可对"香"字令。

# 三杯两盏淡酒，怎敌他、晓来风急

"三杯两盏淡酒，怎敌他、晓来风急"出自李清照的《声声慢》。"三杯两盏"写出了酒量小，且为淡酒。一个"敌"字写出了淡酒不能抵御寒风侵袭，饮酒也难以消除作者心中的愁苦。整首词中环境、身世、心情三位一体，诉说了作者的痛苦。

## 声声慢①
### 李清照

寻寻觅觅，冷冷清清，凄凄惨惨戚戚②。乍暖还寒③时候，最难将息④。三杯两盏淡酒，怎敌他、晓来风急⑤。雁过也，正伤心，却是旧时相识。

满地黄花堆积，憔悴损⑥，如今有谁堪摘？守着窗儿，独自怎生⑦得黑！梧桐更兼细雨，到黄昏、点点滴滴。这次第⑧，怎一个愁字了得！

## 【注释】

①声声慢：词牌名，亦称胜胜慢等。双调，上片十句，押四平韵，49字；下片九句，押四平韵，48字，共97字。

②戚戚：忧愁的样子。

③乍暖还寒：指秋天的天气忽冷忽热。

④将息：调养休息。

⑤晓来风急：多作"晚来风急"。本版本根据俞平伯先生《唐宋词选释》作"晓来风急"。

⑥损：表示程度极高。

⑦怎生：怎样。

⑧次第：光景、情形。

**【译文】**

空荡、冷清、悲戚，心中伤悲。天气忽冷忽热的时节，最难调养休息。三两杯淡酒，怎能抵挡寒风侵袭！大雁飞过，引发了我的愁绪，细细辨别，却发现它旧时曾帮我传信。

满地凋落的黄色菊花，都已憔悴不堪，如今有谁去采摘？独自守在窗前，我一个人如何熬到天黑！细雨击打着梧桐树叶，黄昏时雨水滴滴答答地响个不停。此情此景，怎能仅用一个愁字来形容呢？

**【赏析】**

这首词是作者南渡之后的作品，上片写了作者的思乡之情，下片继续写作者的苦闷伤感之情。

上片"寻寻觅觅，冷冷清清，凄凄惨惨戚戚"三句都是叠字，"寻觅"写出了自己心神不安，"冷清"写出了庭院的寂静，"凄""惨""戚"写出了自己形单影只、内心凄苦。开头三句给全篇奠定了凄凉基调。"乍暖还寒时候，最难将息"点明了时节，作者埋怨这样的天气并不是自己喜欢的，"最难"一词便表达了这样的情感，也告诉我们作者的身体并不好。"三杯两盏淡酒"，作者想要借酒消愁，却"怎敌他、晓来风急"，此处不仅写出环境的冷，更写出了作者心中的凄苦。同时，此处对应上面的"乍暖还寒"。"雁过也，正伤心，却

是旧时相识"，写出了作者睹物思人，触景生情，对往事回顾后，不免感慨如今的凄凉。

下片"满地黄花堆积，憔悴损，如今有谁堪摘"，作者将视线移到庭院中，看着满地凋零的菊花，不免伤感，"憔悴损"形容菊花的枯萎，也指自己的容貌渐老。"如今有谁堪摘"此处既是作者对菊花的同情，也是对自己的感叹！"梧桐更兼细雨，到黄昏、点点滴滴"，庭院中雨水无休止地下着，击打着梧桐树叶，这样的场景徒增作者心中的愁绪。"点点滴滴"，心中的愁绪如同雨滴一样，衬托了心中悲痛。"这次第，怎一个愁字了得"，一个"愁"字用得很独特，看得出作者心中的愁是无可计量的。

整首词一气呵成，读后令人回味，作者以质朴清新的词语，表达了自己的愁绪，令读者深入作者内心，感受她的心境，为她伤悲。

【飞花解语】

"满地黄花堆积，憔悴损，如今有谁堪摘"可对"花"字令。

"梧桐更兼细雨，到黄昏、点点滴滴"可对"雨"字令。

花

提到飞花令，大概没有人会忽视"花"字令。古时，酒过三巡，文人雅客便要以行"花"字令为乐。古人的这种行为其实很容易理解，因为无论是"莫道不销魂，帘卷西风，人比黄花瘦"，还是"折芦花赠远，零落一身秋"，都能为喧闹的酒宴增添一份雅意。

## 莫道不销魂，帘卷西风，人比黄花瘦

"莫道不销魂，帘卷西风，人比黄花瘦"出自李清照的《醉花阴》。作者将人比作黄花，"销魂"写出了相思愁绝，"卷帘西风"描绘了凄凉氛围。作者独具匠心，以"销魂"写出伤神，铺垫凄凉氛围，最后落笔在一个"瘦"字，创设出一种凄苦境界，其中"人比黄花瘦"更是成为千古绝唱。

### 醉花阴①
#### 李清照

薄雾浓云愁永昼，瑞脑②销金兽。佳节又重阳，玉枕纱厨③，半夜凉初透。

东篱④把酒黄昏后，有暗香⑤盈袖。莫道不销魂⑥，帘卷西风，人比黄花⑦瘦。

**【注释】**

①醉花阴：词牌名，又名九日，双调小令，仄韵格，52字。

②瑞脑：一种熏香名，又称龙脑，即冰片。

③纱厨：即防蚊蝇的纱帐。宋周邦彦《浣沙溪》："薄薄纱厨望似空，簟纹如水浸芙蓉。"厨，《彤管遗篇》等作"窗"。

④东篱：泛指采菊之地。陶渊明《饮酒·其五》："采菊东篱下，悠然见南山。"

⑤暗香：这里指菊花的幽香。《古诗十九首·庭中有奇树》："攀条折其荣，将以遗所思。馨香盈怀袖，路远莫致之。"这里用其意。

⑥销魂：形容极度忧愁、悲伤。销：一作"消"。

⑦黄花：指菊花。

**【译文】**

薄薄的雾，厚厚的云，我在忧愁中度过漫长的白天，无聊地看着金兽炉中瑞脑香袅袅。又是重阳佳节，卧在玉枕纱帐中，半夜的凉气侵入身体。

黄昏后在东篱下喝酒，淡淡菊花香侵入双袖。不要说清秋令人伤心，西风吹来卷起帘子，人比菊花还要消瘦。

**【赏析】**

这首词是写重阳的佳作，上片写了重阳佳节的孤寂，下片写东篱下饮酒的无奈。

上片"薄雾浓云愁永昼"刻画了阴沉天气，这样的天气令人心情不好。这是一篇写重阳的词，此刻的白天渐短，"永昼"侧面写出了作者的心情，白天很短暂，但作者却感觉很漫长。"瑞脑销金兽"写了作者在室内看着炉中瑞脑烟飘，正是因天气不好，所以作者只能在屋内待着。"佳节又重阳，玉枕纱厨，半夜凉初透"，点明了时节在重阳，白昼开始变短，天气渐凉。"半夜凉初透"此句不仅是写作者畏惧渐凉的天气，还令作者想到昔日夫妻双双共枕的暖意，如今孤身一人入睡，不由得心凉。

下片"东篱把酒黄昏后，有暗香盈袖"，写了作者在傍晚时分到东篱饮酒，在上片中作者因天气不好在屋里待了整一天，在傍晚时分才出来透气，她喝酒赏花，满身花香。这样的场景令她触景生情，不禁想起她的丈夫。以"人比黄花瘦"结尾，作者写出了自己不如菊花，其中韵意深长，耐人寻味。

整首词作者都将所刻画的事物带有一层苦的感情色彩，而"人比黄花瘦"更是全篇最精彩的地方，其中饱含作者的寄托，表达了细腻的情感。

**【飞花解语】**

"薄雾浓云愁永昼，瑞脑销金兽"可对"云"字令。

"东篱把酒黄昏后，有暗香盈袖"可对"香"字令。

# 东风夜放花千树，更吹落、星如雨

"东风夜放花千树，更吹落、星如雨"出自辛弃疾的《青玉案·元夕》。"花千树"写出了元夕灯火辉煌，整首词描述了观灯的壮观场面，反衬了灯火阑珊的幽静，整体意境优美，寄意深远。

## 青玉案①·元夕
### 辛弃疾

东风夜放花千树②，更吹落、星如雨③。宝马雕车④香满路。凤箫声动，玉壶⑤光转，一夜鱼龙⑥舞。

蛾儿雪柳黄金缕，笑语盈盈暗香⑦去。众里寻他⑧千百度。蓦然⑨回首，那人却在，灯火阑珊⑩处。

## 【注释】

①青玉案：词牌名，又称西湖路、横塘路等。此调13体，属双调，67字，苏词正体。

②"东风"句：形容元宵夜花灯繁多。花千树，花灯之多如千树开花。

③星如雨：指焰火纷纷，乱落如雨。星，指焰火。形容满天的烟花。

④宝马雕车：豪华的马车。

⑤玉壶：比喻明月。亦可解释为指灯。

⑥鱼龙：鱼形、龙形的灯。

⑦暗香：借指观灯的妇女身上散发出来的香气。

⑧他：泛指第三人称，古时包括"她"。

⑨蓦然：突然，猛然。

⑩阑珊：零落稀疏的样子。

## 【译文】

东风吹起，元宵节之夜，花灯锦簇，似千树开花，又像是风吹落漫天星雨。豪华的马车碾过铺满香味的路，悠扬的箫声吹动，月光在这样的场面中徘徊，鱼灯、龙灯狂舞一夜。

头戴美丽头饰的女子，笑着在人群中穿过，她们走后空中还有着淡淡香味。我在人群中寻找了千百遍，突然间回头，在灯火阑珊处发现了她。

## 【赏析】

这首词抒发了作者不同流合污的情怀，上片写了元夕热闹情景，下片重点刻画灯火阑珊处甘于寂寞的意中人。

上片"东风夜放花千树，更吹落、星如雨"，描写了元宵佳节的灯火甚是繁多。"宝马雕车香满路"刻画了观赏花灯的人之多。"玉壶光转"写出了月的移动。"一夜鱼龙舞"中的"一夜"为下片做了铺垫。

下片"蛾儿雪柳黄金缕"写了观灯的美人。"笑语盈盈暗香去"写出了作者被一位女子的独特香味吸引，希望能再次见到她，才有后面的"寻他"。"众里""千百度"可以看出作者对"他"的钟情，不辞劳苦寻找她。"蓦然回首"，发现她的那一刻，也是作者人生升华的时刻，作者这种可遇不可求的瞬间被刻画了出来。"那人却在，灯火阑珊处"，可见"那人"甘愿寂寞，不愿追逐繁华。

纵观全词，所有的花灯、繁华情景，都是为"那人"的出现做铺垫，如果没有"那人"，一切也都无趣了。

**【飞花解语】**

"宝马雕车香满路。凤箫声动，玉壶光转"可对"香"字令。

"蓦然回首，那人却在，灯火阑珊处"可对"人"字令。

# 欲买桂花同载酒，终不似、少年游

"欲买桂花同载酒，终不似、少年游"出自刘过《糖多令》。一个"欲"字写出了想要娱乐的心愿，但是"不似"扭转笔锋，否定了自己先前的提议。作者以此结尾，令读者读后无限失落、哀痛。

## 糖多令①

### 刘 过

芦叶满汀洲，寒沙带浅流。二十年、重过南楼②。柳下系舟犹未稳，能几日、又中秋。

黄鹤断矶③头，故人今在否？旧江山、浑是④新愁。欲买桂花同载酒，终不似、少年游！

## 【注释】

①糖多令：词牌名，也写作唐多令，又名南楼令，双调，60字，上下片各四平韵，亦有前片第三句加一衬字者。

②南楼：即"安远楼"。

③黄鹤断矶：黄鹤矶，在湖北武昌。断矶，形容矶头荒凉。

④浑是：全是。

## 【译文】

芦苇的枯叶落满汀洲，浅浅的寒水在沙滩上无声息地流过。二十年过去了，我再次到了南楼。柳树下船还没有系稳，几日之后又是中秋。

黄鹤矶头荒凉破败，我的老朋友如今还在吗？眼前所见满目疮痍的旧江山，心中又添了新愁。想要买上桂花，带上酒一起泛舟逍遥，却再也没有年少时的豪迈。

## 【赏析】

这首词上片写眼前景，下片写回忆、感慨。

上片"芦叶满汀洲，寒沙带浅流"，刻画了眼前芦叶、寒流情景，此景应为秋季，秋天常给人一种凄凉之感。"二十年、重过南楼"，写出了时间、地点。"重过"二字饱含无限感慨。"柳下系舟犹未稳，能几日、又中秋"，此两句作者重在感慨时间如流水匆匆。

下片"黄鹤断矶头，故人今在否"，作者回顾昔日情景，不由得怀念友人。"旧江山、浑是新愁"，此处将"旧""新"二字对比，更突出了如今的"新愁"，看到破败的河山，心中增添新愁。买花、带酒等都是作者旧时情形，从结尾两句中的一个"欲"字，可见昔日往事只能回想，当年的豪气如今已消磨殆尽，只剩怅惘。

整首词表达委婉，虚中见真，本词多暗喻家国之愁。

**【飞花解语】**

"黄鹤断矶头，故人今在否"可对"人"字令。

"旧江山、浑是新愁"可对"山"字令。

# 去年元夜时，花市灯如昼

　　"去年元夜时，花市灯如昼"出自欧阳修的《生查子·元夕》。此两句写出了女子与情郎逛灯市的场景。"花市灯如昼"为读者营造良好氛围，也写出了此时是恋爱男女谈情说爱的好时机。整首词构思巧妙，用语通俗。

## 生查子①·元夕
### 欧阳修

去年元夜②时，花市③灯如昼④。月上⑤柳梢头，人约黄昏后。

今年元夜时，月与灯依旧。不见⑥去年人，泪湿⑦春衫⑧袖。

**【注释】**

　　①生查子：唐教坊曲名，后用为词牌，亦称陌上郎、绿罗裙等。五言八句，双调40字。

　　②元夜：元宵之夜。每年农历正月十五为元宵节。

　　③花市：民间每年春天举行的卖花、赏花的集市。

　　④灯如昼：灯火通明，像白天一样。

　　⑤月上：一作"月到"。

　　⑥见：看见。

⑦泪湿：一作"泪满"。

⑧春衫：年少时穿的衣服，也指年轻时的作者。

## 【译文】

去年的元宵佳节，花市上灯火通明，如同白天。月儿挂在柳树枝头，她约我在黄昏后叙谈。

今年元宵佳节，月儿与灯光依旧如前。却再也看不到去年的人，泪水不禁湿了衣裳。

## 【赏析】

这是一首约会词，上片写了回忆去年元宵佳节往事，下片写了今年元宵佳节故地重游，想起伊人，心中不免伤悲。

上片"去年元夜时，花市灯如昼"，作者给我们刻画了一幅元宵佳节灯火通明的情景，景色甚好。"月上柳梢头，人约黄昏后"此两句情景交融，写出了月夜下，恋人情意绵绵，营造出朦胧美。

下片"月与灯依旧"写出了主人公喟然而叹，作者用今昔对比，月儿依旧，灯儿依旧，而如今物是人非，表达了主人公在爱情上受挫的伤感之情。"不见去年人，泪湿春衫袖"这两句直抒胸臆，写出了主人公对伊人的思念之情。一个"湿"字写出作者此刻心境。

整首词读来一咏三叹，令人感慨。

## 【飞花解语】

"月上柳梢头，人约黄昏后"可对"月"字令。

"不见去年人，泪湿春衫袖"可对"人"字令。

# 折芦花赠远，零落一身秋

　　"折芦花赠远，零落一身秋"出自张炎的《甘州》。看似所赠物为一枝芦花，实则彰显了作者的飘零心境。作者以芦花比喻自己的凄状，"折芦赠远"用意深刻。整首词作者表达了亡国之痛。

## 甘　州①

### 张　炎

　　记玉关②踏雪事清游，寒气脆貂裘③。傍枯林古道，长河④饮马，此意悠悠⑤。短梦依然江表，老泪洒西州⑥。一字无题处，落叶都愁。

　　载取白云归去，问谁留楚佩，弄影⑦中洲⑧？折芦花赠远，零落一身秋。向寻常野桥流水，待招来，不是旧沙鸥⑨。空怀感，有斜阳处，却怕登楼。

## 【注释】

　　①甘州：词牌名，又名潇潇雨、八声甘州。双调平韵，95字至98字，共有七体。

　　②玉关：此处指北方边关。

　　③貂裘：貂皮大衣。

　　④长河：指黄河。

　　⑤悠悠：遥远的样子。

　　⑥西州：古城名。

　　⑦弄影：影子随着摇晃。

　　⑧中洲：洲中。

　　⑨沙鸥：此处借指友人。

**【译文】**

　　记得在北方边关和友人踏雪清游，寒气冻硬了貂皮大衣。沿着枯林古道行走，我们在黄河边饮马休息，此番场景悠悠然。此行很短，如梦一般，醒来后此身依然在江南，我泪洒西州。没有寄给你任何一个字，连落叶都感到了忧愁。

　　你驾着白云离去，问谁把楚地的玉佩留下，在中洲看水中的倒影摇动？折一枝芦花送给远方的故友，感到自己如同秋天一般萧条。向着平常的野桥流水漫步，待招来的已不是旧日熟识的沙鸥。空怀无限情感，在夕阳西照之时，我很害怕登上高楼。

**【赏析】**

　　这首词是作者北游归来失意而作，上片感慨身世，下片写了怀友之情。

　　上片"记玉关踏雪事清游，寒气脆貂裘"，写了远征北国，描绘了一幅北国羁旅图，表达了北上豪情，其中"记"字读来豁达。"短梦依然江表，老泪洒西州"，北地回归无望，自己已回南方故土，此刻唯独泪水能诉说自己的心情。"一字无题处，落叶都愁"，写出作者并非不想题诗赠给老友，只不过没有兴致写离别词，因为连"落叶"都感受到了亡国之恨。

　　下片"载取白云归去"，故人要离去，此情此景令人生悲。"折芦花赠远，零落一身秋"，所赠物为芦花，表现赠者如秋叶般的心境，此处笔调奇特，含义深刻。"空怀感，有斜阳处，却怕登楼"，表达了作者想要依靠高楼宣泄愿望，但想到斜阳景色徒增心中愁思，所以望而止步。

　　整首词呈现一个"悲"调，先友情后国恨，令人荡气回肠。读完整首词后，读者会深刻感知作者的心绪。

**【飞花解语】**

　　"记玉关踏雪事清游，寒气脆貂裘"可对"雪"字令。

　　"一字无题处，落叶都愁"可对"无"字令。

# 燕子来时新社，梨花落后清明

　　"燕子来时新社，梨花落后清明"出自晏殊的《破阵子·春景》。此为全篇精彩之所在，它引领全词。整首词选取一个生活片段，展示少女活力，营造欢乐氛围。全词采用白描手法，生动形象地刻画了少女纯洁的心灵。

## 破阵子①·春景
### 晏　殊

　　燕子来时新社②，梨花落后清明。池上碧苔③三四点，叶底黄鹂一两声，日长飞絮④轻。

　　巧笑⑤东邻女伴，采桑径里逢迎。疑怪⑥昨宵春梦好，元是今朝斗草⑦赢，笑从双脸⑧生。

**【注释】**

　　①破阵子：词牌名，原为唐教坊曲名，又名十拍子。双调62字，平韵。

　　②新社：社日是古人祭土地神的日子，以祈丰收，有春秋两社。新社即春社，时间在立春后、清明前。

　　③碧苔：碧绿色的苔草。

　　④飞絮：飘荡着的柳絮。

　　⑤巧笑：形容少女美好的笑容。

　　⑥疑怪：诧异、奇怪。这里是"怪不得"的意思。

　　⑦斗草：古代妇女的一种游戏，也称"斗百草"。

　　⑧双脸：指脸颊。

## 【译文】

燕子飞来时正赶上春社，清明前后梨花落下。池中有几片碧绿色的苔草，黄鹂在树上鸣叫几声。白昼越来越长，只见柳絮轻轻飘过。

在采摘花草路上遇到笑容满溢的东邻女伴，怪不得我昨晚做了美梦，原来它是在征兆我今天能够在斗草中取得胜利啊！脸上不由得也露出了笑容。

## 【赏析】

这首词刻画了古代少女在春天生活的片段，上片写景，下片写人。

上片"燕子来时新社，梨花落后清明"点明时节，笔调欢快，为全词奠定愉快基调。"池上碧苔三四点，叶底黄鹂一两声，日长飞絮轻"，展现出柳絮纷飞、池水碧苔、黄鹂鸣叫，这些景象彰显盎然春意，"日长"说明季节变化，也表现了作者的惜春之情。

下片"巧笑东邻女伴，采桑径里逢迎"，写出少女在暮春时节融入大自然情景，"巧笑"二字使用白描手法，细致地刻画了东邻女伴形象。"疑怪昨宵春梦好，元是今朝斗草赢，笑从双脸生"，少女玩斗草游戏，主人公取得了最后的胜利，不由自主地浮现出笑容。作者没有细写斗草时的情景，而从"笑从双脸生"描写女子内心活动。读完全词，我们眼前浮现出一个聪明伶俐且心灵纯洁的女子形象。

## 【飞花解语】

"疑怪昨宵春梦好，元是今朝斗草赢"可对"春"字令。

"巧笑东邻女伴，采桑径里逢迎"可对"桑"字令。

雪

大雪纷飞之时，以及雪后初晴之日，最适合行"雪"字令。三杯两盏淡酒，一两位知己，再对一句"街南绿树春饶絮，雪满游春路"或"风细细，雪垂垂，何况江头路"，大雪带来的寒气会慢慢消失。

## 永丰柳，无人尽日飞花雪

"永丰柳，无人尽日飞花雪"出自张先的《千秋岁》。"无人"二字可以看出一丝无奈之意，作者描写了爱情受阻，但其有坚定信念守候这份爱情。全词笔调幽怨，字字情深，兼具婉约、豪放两派风格。

### 千秋岁①

张　先

数声鶗鴂②，又报芳菲歇。惜春更把残红折。雨轻风色暴，梅子青时节。永丰柳③，无人尽日飞花雪。

莫把么弦④拨，怨极弦能说。天不老，情难绝。心似双丝网，中有千千结。夜过也，东窗未白凝残月。

**【注释】**

①千秋岁：词牌名，又名千秋节。此调八体，此词属双调、72字正体。

②鹈鸠（tí jué）：指杜鹃，也名伯劳、伯赵。此鸟夏至鸣，冬至止。

③永丰柳：唐代洛阳有"永丰坊"，其西南角荒园中有垂柳一株被冷落。

④么弦：琵琶的第四弦，各弦中最细，故称。

## 【译文】

几声杜鹃鸣叫，向人们报告春花即将凋谢。惜春人不舍得这美好的春光，想要将残花带回去。细雨急风，正是梅子青的时节。看永丰坊的柳树，在无人的庭院中整日飘絮，如漫天大雪。

不要拨动琵琶细弦，细弦能够诉说出极致的怨恨。天不会老去，真情永不会断绝。我的心像双丝网，中间有千千万万的结。夜已过去，东窗未白，天空中独挂一轮残月。

## 【赏析】

这首词上片用描写景物来表达爱情遭遇阻碍的沉痛之情；下片倾诉不平，表示反抗的决心和坚定不移的信念。

上片前两句由听觉进入视觉，感慨春来春去，时间匆匆。"惜春更把残红折"，一个"折"字表达了对饱受风雨摧残的爱情的珍惜。"雨轻风色暴，梅子青时节"点明了时节，此处作者用到了双关手法，不仅描写了梅子遭受风雨打击，更暗示青春爱情备受打击。最后两句也是如此，看着园中纷飞的柳絮，主人公仿佛看到了平日形单影只的自己。

下片"天不老，情难绝"化用李贺"天若有情天亦老"，但含义却大不相同，此处写出了只要天不老情就不会断。"心似双丝网，中有千千结"写出爱情如同结，情网中的千万结将彼此系牢。

整首词凄婉，情致蕴藉。

## 【飞花解语】

"永丰柳，无人尽日飞花雪"可对"无"字令。

"天不老，情难绝"可对"天"字令、"情"字令。

# 街南绿树春饶絮，雪满游春路

　　"街南绿树春饶絮，雪满游春路"出自晏几道的《御街行》。这两句刻画了户外景，点明当时为怀春时节。这首词是一首单相思词，词中没有直接点明两人关系，但从所描写的景物中，读者可以看出他对她的浓浓情意。

## 御街行①
### 晏几道

　　街南绿树春饶②絮，雪满游春路。树头花艳杂娇云，树底人家朱户。北楼闲上，疏帘③高卷，直见街南树。

　　阑干倚尽犹慵去，几度黄昏雨。晚春盘马④踏青苔，曾傍绿荫深驻。落花犹在，香屏⑤空掩，人面知何处？

### 【注释】

　　①御街行：词牌名，又名孤雁儿。此调六体，此词属双调、76字，柳永词正体。

　　②饶：充满，多。

　　③疏帘：帘栊有格，故又称疏帘。

　　④盘马：骑在马上徘徊不前。

　　⑤香屏：闺房里的屏风。

### 【译文】

　　街南的绿树春天落下了很多的柳絮，像雪花一样撒满游春的路。树顶上杂映着艳花交织的娇云，树下的朱门大户是她的家。闲懒地登上北楼，将帘子高高卷起，一眼看到浓郁苍绿的街南树。

　　多次在夕阳风雨中，倚着栏杆不离开。晚春时节，骑着马徘徊踏过

青苔，在树荫下长久驻足。如今落花犹在，闺房里的屏风却空掩，佳人不知在哪。

## 【赏析】

这首词写了作者在年轻时期的往事，上片写了春游所见，一见钟情；下片写落花依旧，然伊人不见。

上片通过描写春景，暗写了作者对树下一大户女子的爱慕之情。"树头花艳杂娇云，树底人家朱户"，此两句不难看出，在古代只有大户人家的大门是红色的，面对如此大户人家，作者不敢轻举妄动，只能自己默默单相思。"北楼闲上，疏帘高卷，直见街南树"，作者坐在高楼中，表面是在望树，实则是望树下那户人家之女。这一个"闲"字，好像是在说作者登楼只是随意为之，实际上作者是想在高楼上远远地望一眼自己喜欢的女子，然而只能看到"街南树"。

下片"阑干倚尽犹慵去，几度黄昏雨"，刻画了一个男子在高楼栏杆处倚靠，不肯离去的情景。这里的"慵"字同上片"闲"字用法一样，其实作者并不是懒得离开，而是想要看到心上人的身影。"晚春盘马踏青苔，曾傍绿荫深驻"，描写了一个男子晚春时节在外徘徊的情景，写出作者在高楼中看不见心中人，耐不住对她的思念，于是想要在路上偶遇她。这个"盘"用法很妙，生动写出了作者心中的徘徊状态。"驻"字写出了作者在路边徘徊很久，都没如愿，不得已，在树荫下停驻，希望能够见到她。作者最终如愿了吗？"落花犹在，香屏空掩，人面知何处"，可知作者并没有等到心上人，全词并没有写出他和她有过深交，说明作者对女子是单相思。

这首词是一首单恋词，词的开篇从写景入手，点明季节的同时，写出了人物内心情感，通过景象刻画，写出对女子的情感。作者并没有直接写出自己的爱恋之情，但从他的举止当中可以看出作者对女子的感情是含蓄、浓烈的。

"树头花艳杂娇云，树底人家朱户"可对"花"字令。

"阑干倚尽犹慵去，几度黄昏雨"可对"雨"字令。

"落花犹在，香屏空掩，人面知何处"可对"香"字令。

# 画楼深闭，想见东风，暗消肌雪

"画楼深闭，想见东风，暗消肌雪"出自张元幹的《石州慢》。"画楼深闭"写出了深闺的孤寂，"暗消肌雪"刻画了女子等不到丈夫的愁容。整首词由景入情，采用比兴手法，寄托深层次情感。

## 石州慢①
### 张元幹

寒水依痕②，春意渐回，沙际烟阔。溪梅晴照生香，冷蕊数枝争发。天涯旧恨，试看几许销魂③？长亭④门外山重叠。不尽眼中青，是愁来时节。

情切。画楼⑤深闭，想见东风，暗消肌雪。孤负枕前云雨⑥，尊⑦前花月。心期⑧切处，更有多少凄凉，殷勤留与归时说。到得再相逢，恰经年⑨离别。

【注释】

①石州慢：词牌名，一作石州引，又名柳色黄。此词为双调，102字，前片四仄韵，后片五仄韵。宜用入声韵部，两结句并用上一、下四句法，又有于后片第五、六两句作上六、下四者，为变格。

②痕：指波痕。

③销魂：因感怀而伤情。

④长亭：古制，十里一长亭，五里一短亭，为驿道上休息和送别之处。

⑤画楼：华丽的屋舍，此处指女子居住的地方。

⑥云雨：指男女欢合。

⑦尊：古代盛酒器。

⑧心期：谓两相期许。

⑨经年：经过一年。

## 【译文】

江水泛着寒冷的波痕，春意渐回，雾霭迷茫，江天辽阔。晴日朗照，溪边的梅树已能闻到香味，朵朵梅花争相吐蕊。相别在天涯，离恨无限，试问我心中有多少惆怅？长亭门外山重重。望不尽的远山重叠，正是令人忧愁的时节。

想到了闺中的你，闺阁层门紧闭，春风吹来，定会让你消瘦。是我辜负了你，让你独守闺房，辜负了多少赏花观月的美景。我的心和你的心一样，希望早日归家。我心中凄苦，留着回去之后慢慢与你细说。只是我们再次相逢，恐怕还要等一年。

## 【赏析】

本词上片写出了作者的乡愁，下片写出了他想要回归的心愿。

上片"寒水依痕，春意渐回，沙际烟阔"，写出了初春情景，点明时节。"溪梅晴照生香，冷蕊数枝争发"刻画了报春使者。"天涯旧恨"由前面写景过渡到怀人，作者的别情甚久，惆怅无限。"天涯旧恨，试看几许销魂？"一个问句表明作者的惆怅之情，为全词的词眼之所在。"长亭"为游子驻足的地方，"门外山重叠"写出了游子难以跨过重山到达自己想到的地方，可见距离之遥远。"不尽眼中青，是愁来时节"，抒发了春愁。

下片"情切"不仅写出了作者的情感，也描写了对方思念作者的情景。作者用虚景写实，描绘了佳人独自一人等着丈夫回来，日渐消瘦的情景。从"孤负枕前云雨"来看，作者想念的是自己的妻子，"心期"写出了作者归心似箭，"更有多少凄凉"直抒作者对妻子的思念之苦，而最后两句表明作者想要相逢，然而相逢之日还要等一年。

整首词用词清丽，从春愁起笔，以思归终结。其中情感五味杂陈，含意深沉。全篇构思巧妙，为上等佳作。

**【飞花解语】**

"溪梅晴照生香，冷蕊数枝争发"可对"香"字令。

"孤负枕前云雨，尊前花月"可对"花"字令。

# 东君也不爱惜，雪压霜欺

"东君也不爱惜，雪压霜欺"出自李邴（一作晁冲之）的《汉宫春·梅》。此两句写梅花的恶劣处境，烘托了梅花顽强的品格。整首词采用冷色调词语，将梅花同周围环境融为一幅水墨画，写出了梅花的高贵，全词笔力不凡、灵动飞扬。

## 汉宫春[①]·梅
### 李 邴

潇洒江梅，向竹梢疏处，横两三枝。东君[②]也不爱惜，雪压霜欺。无情燕子，怕春寒、轻失花期。却是有，年年塞雁[③]，归来曾见开时。

清浅[④]小溪如练，问玉堂何似[⑤]，茅舍疏篱？伤心故人去后，冷落新诗。微云淡月，对江天、分付他谁[⑥]？空自倚，清香未减，风流[⑦]不在人知。

## 【注释】

①汉宫春：词牌名，又名庆千秋。双调96字，前后片各四平韵。

②东君：又名东皇、东帝，传说中的司春之神。春于方位属东，故名。

③塞雁：边塞之雁。雁是候鸟，秋季南来，春季北去。

④清浅：出自林逋《山园小梅》"疏影横斜水清浅"。

⑤玉堂：指豪家的宅第。古乐府《相逢行》："黄金为君门，白玉为君堂。"何似：哪里比得上。

⑥分付他谁：即向谁诉说。

⑦风流：高尚的品格和气节。

## 【译文】

江边的梅花很是潇洒，在竹梢稀疏的地方，横斜长着三两枝。春风不知道爱惜，任风雪欺压着梅花。燕子无情，害怕初春寒冷，轻易地错过了梅花开花时期。唯有南归的大雁，每年回来都能看见花开的模样。

清浅小溪如一条白练，请问那华丽堂宇，又如何赶得上这茅屋疏篱？最令人伤心的是，自从故人离开后，很少吟诗作词。稀薄的云，淡淡的月儿，此情此景，我的孤高又向谁诉说？那高洁的江梅，香味丝毫未减，它高尚的品格不在乎他人是否知晓自己。

## 【赏析】

这是一首咏梅词，作者通过冷色调文字，写出梅的孤高，虽被环境所冷落，但给人以清高之感，整首词灵动飞扬，笔力不凡。

上片"潇洒江梅，向竹梢疏处，横两三枝"，描写出一幅江边长着竹子、野梅花的情景，通过写竹子衬托出野梅花孤高品格。"东君也不爱惜，雪压霜欺。无情燕子，怕春寒、轻失花期"，写出梅花孤芳自赏。"不爱惜""轻失花期"，作者对野梅没得到任何爱惜和欣赏深感同情。"却是有"扭转了笔锋。"年年塞雁，归来曾见开时"，梅花的美丽能让归来的大雁欣赏，这算是对梅花的安慰。

　　下片"伤心故人去后，冷落新诗"，此处写了故人逝去后，梅花没有了知音。"微云淡月，对江天、分付他谁"，问句形式，写出了故人去世之后，梅花无人观赏，只能独自享受自己的高洁。结尾使用拟人手法，并将梅花高洁品格推至顶峰。

## 【飞花解语】

　　"潇洒江梅，向竹梢疏处，横两三枝"可对"江"字令。

　　"无情燕子，怕春寒、轻失花期"可对"无"字令、"花"字令。

# 满院东风，海棠铺绣，梨花飘雪

　　"满院东风，海棠铺绣，梨花飘雪"出自蔡伸的《柳梢青》。作者刻画了百花凋零的场景，营造悲凉基调。整首词用词华丽，意境深远，取景精妙，情感真挚，为词中佳作。

## 柳梢青①
### 蔡伸

　　数声鹈鴂。可怜又是，春归时节。满院东风，海棠铺绣，梨花飘雪。

　　丁香露泣残枝，算未比、愁肠寸结。自是休文②，多情多感，不干③风月。

## 【注释】

　　①柳梢青：词牌名，又称陇头月、早春怨等。此调分平仄两韵，共计八体。此词为双调、49字仄韵正体。

②休文：沈约的字。

③不干：不相干。

## 【译文】

　　杜鹃鸣叫了几声，令人怜爱的春天已逝。满院的东风，海棠花落在地上铺成锦绣，梨花如同雪一般飞舞在天空。

　　丁香花的残枝上滴着露水，仿佛是在哭泣，但比不上我的惆怅。我像沈约一般郁郁不乐，这和风月无关，只是我多愁善感罢了。

## 【赏析】

　　这是一首惜春词，上片给出一幅鸟叫花落凄美图，下片写露珠如同人泪。

　　上片"数声鶗鴂。可怜又是，春归时节"，作者描绘了一幅暮春悲凉情景图，写出了作者对春逝的无奈，同时为全篇奠定了低沉基调。"可怜又是，春归时节"写出了作者为何而伤感。而后作者通过写海棠花、梨花意象进一步描写暮春，此刻作者的心情是复杂的，既表达了对眼前美景的喜爱，又为春离去而伤悲。

　　下片"丁香"承接上文，用一个"泣"字巧妙地从写景转入到抒情。丁香为自己凋零而泣，此处作者使用拟人手法，"算未比"又点明作者心中愁肠百结。最后作者以沈约自喻，写出了自己因愁思而郁郁不乐。"不干风月"以隐晦手法写明作者报国无门的悲伤，因无法排遣心中郁闷，只能侧面表达自己的情感。

## 【飞花解语】

　　"丁香露泣残枝，算未比、愁肠寸结"可对"香"字令。

　　"自是休文，多情多感，不干风月"可对"情"字令、"风"字令、"月"字令。

# 风细细，雪垂垂，何况江头路

"风细细，雪垂垂，何况江头路"出自曹组的《蓦山溪·梅》。"风细细，雪垂垂"给读者展示了一幅风雪图，烘托了寒梅的高洁品行，包含对品格高尚人的赞美。作者采用拟人手法写梅的同时，以梅暗喻自己的高风亮节。

## 蓦山溪①·梅
### 曹组

洗妆真态，不在铅华②御。竹外一枝斜，想佳人、天寒日暮。黄昏小院，无处著③清香，风细细，雪垂垂，何况江头④路。

月边疏影，梦到销魂处。结子欲黄时，又须⑤著、廉纤⑥细雨。孤芳一世，供断⑦有情愁，消瘦损，东阳⑧也，试问花知否。

【注释】

①蓦山溪：词牌名，又名上阳春、心月照云溪等。此调13体，此词属双调、82字正体。

②铅华：铅粉，古代妇女常用来擦脸。

③著：生、发。

④江头：江岸。

⑤须：却。

⑥廉纤：细微，纤细。

⑦供断：供尽，即尽献。

⑧东阳：指南朝梁曾任东阳太守的沈约。

【译文】

洗掉铅粉，显露真容，不需用铅粉来伪装自己。竹外斜出一枝梅

038

花，在这寒冷日暮时节，不由得想起佳人来。黄昏小院中，清香飘动无声影。细风袭来，雪飘下，冷落了江岸的梅花。

月下疏影优雅，这情景令我魂牵梦绕。当梅子变黄，又到梅雨时节了，令人断肠。梅花孤芳一世，让有情人苦闷。试问眼前的梅花，你可知道我为了你，像东阳太守沈约一样，日渐消瘦？

## 【赏析】

这首词是作者恰逢悲愁，无意间看到了白雪中的梅花，感慨而作。作者将梅花和佳人相结合，词中并没有对梅花展开正面描写，但字里行间却尽显梅花姿态。

上片"洗妆真态，不在铅华御"，作者此处直接提笔写梅花，不加修饰。"竹外一枝斜，想佳人、天寒日暮"，此处以竹子烘托梅花，写出作者由此景想到了远方的意中人。"黄昏小院，无处著清香"写黄昏下的梅花，"无处""清香"写出了梅花无人问津。"风细细，雪垂垂，何况江头路"则为读者刻画了梅花风雪图。

从下片的"疏影""销魂""细雨"等字词中可以看出作者的情绪并不高，营造了一种压抑的氛围。"孤芳一世"用以赞赏梅花的高洁，同时也暗指自己也如同梅花一般。"消瘦损、东阳也"，此处引用典故，写出沈约腰比梅花瘦。"试问花知否"作者看似在问梅花，实际上是在问自己，表达情多催人老的感叹。

## 【飞花解语】

"黄昏小院，无处著清香"可对"无"字令、"香"字令。

"月边疏影，梦到销魂处"可对"月"字令、"影"字令。

"孤芳一世，供断有情愁"可对"情"字令。

月

"料得年年肠断处，明月夜，短松冈"，在苏轼眼中，月亮是寂寥的；"素月分辉，银河共影，表里俱澄澈"，在张孝祥眼中，皎洁的月亮让人心旷神怡。对不同的词人来说，月亮有不同的含义。在行"月"字令时，你是否也曾将心意寄予明月？

## 料得年年肠断处，明月夜，短松冈

"料得年年肠断处，明月夜，短松冈"出自苏轼的《江城子》。这两句营造了凄凉、销魂的意境，如同"天长地久有时尽，此恨绵绵无绝期"，可见作者情谊深厚。整首词虚实结合，表达了作者对亡妻的怀念和对自己身世的感慨，将夫妻情感刻画得凄婉、真挚，令读者为之动容。

### 江城子①

苏 轼

十年生死两茫茫②，不思量，自难忘。千里孤坟③，无处话凄凉。纵使相逢应不识，尘满面，鬓如霜。

夜来幽梦忽还乡，小轩窗④，正梳妆。相顾无言，惟有泪千行。料得年年肠断处，明月夜，短松冈⑤。

**【注释】**

①江城子：词牌名，又名江神子、村意远。此调五体，此词属双调、70字变体。

②茫茫：指十年生死，双方不了解。

③千里孤坟：四川彭山墓地，距山东密州千里之遥。

④轩窗：窗户。

⑤短松冈：长满矮松的山冈，此指苏轼妻子王氏墓地。

**【译文】**

你我夫妻诀别已过十年，即使克制自己不去想你，但心中始终不能将你忘记。你的孤坟距离我有千里之远，我到哪里叙说我心中的凄苦。若我们再次相遇，你应该认不出我了，只因我满面尘土，鬓发如霜。

在梦中我回到了故乡，看见你在窗前梳洗打扮。我们默默相望没有说话，只是不停地流泪。料想你年年都为我柔肠寸断，在明月夜晚，在长满矮松的山冈。

**【赏析】**

这首词是作者为亡妻而作，字里行间流露出对亡妻的想念。上片写了对亡妻的思念之苦，下片写了梦中相逢之悲。

上片"十年生死两茫茫"写出妻子已经去世十年之久。"不思量，自难忘"其中的"不""自"相对，写出夫妻情感深厚。"千里孤坟"写出了作者离埋葬亡妻的地方很远，也指不同世界相隔。"无处话凄凉"直抒胸臆，写出了在现实生活中，作者的苦楚无人能聆听。"尘满面，鬓如霜"写了十年来自己的遭遇，可见作者过得并不如意。

下片"夜来幽梦忽还乡，小轩窗，正梳妆"，这是作者进入梦乡所见情景，写出了妻子昔日生活的场景。"相顾无言，惟有泪千行"，梦中夫妻二人相见，没有更多的话语，只有流泪。"无言""有泪"相对，写出了彼此对对方的爱。"料得年年肠断处，明月夜，短松冈"，此为作者醒后的感慨，"明月""松冈"让作者重新回归哀悼中。

整首词采用白描等手法，细读全篇便能体会到作者的真情流露，作者对亡妻充满无限思念，同时在哀思中感慨自己的处境。

## 【飞花解语】

"千里孤坟，无处话凄凉"可对"无"字令。

"夜来幽梦忽还乡，小轩窗，正梳妆"可对"夜"字令。

# 舞低杨柳楼心月，歌尽桃花扇底风

"舞低杨柳楼心月，歌尽桃花扇底风"出自晏几道的《鹧鸪天》。此两句写了歌舞场面，写出了舞女的曼妙身姿。作者如此刻画不仅是对昔日生活的眷恋，更因为那是他和伊人相识之日。这两句话用词华丽，想象奇特，可谓佳句。

## 鹧鸪天①
### 晏几道

彩袖殷勤捧玉钟②，当年拚却③醉颜红。舞低杨柳楼心④月，歌尽桃花扇底⑤风。

从别后，忆相逢，几回魂梦与君同⑥。今宵剩⑦把银釭⑧照，犹恐相逢是梦中。

## 【注释】

①鹧鸪天：词牌名，又名思佳客，双调55字，平韵。

②玉钟：珍贵的酒杯。

③拚（pàn）却：舍弃，甘愿，不惜，不顾惜。却：语气助词。

042

④楼心：即楼中。

⑤扇底：即扇里。歌舞中常以罗扇做道具。

⑥同：指欢聚一堂。

⑦剩：尽。

⑧银釭（gāng）：银制的灯。

## 【译文】

回想当年你挥舞彩袖，殷勤捧着酒杯，我一杯杯喝下，不顾醉酒脸红。我伴你跳舞，直到照到楼中的明月低沉下去，我和你高歌直到无力摇动扇子。

自从那次分别后，我常想起我们相聚的美好时光，多少次梦到和你相逢。今晚我点着银灯一直看着你，担心这相逢乃是一场梦。

## 【赏析】

这首词为作者与钟爱的歌女重逢而作，作者感慨今夕，上片回顾往事，下片写了别后重逢的喜悦。

上片"彩袖殷勤捧玉钟，当年拚却醉颜红"，作者回顾昔日参加酒筵，面对美丽女子一杯杯递来的酒，只能一杯杯饮下。"彩袖"写出了女子的华丽外表，"殷勤"写出女子的多情，此处是作者对当年钟情她的一个特写。"舞低杨柳楼心月，歌尽桃花扇底风"，这是一幅歌舞欢愉情景。"杨柳"写出女子苗条的身材，"桃花"写出女子娇好的面容，此处采用比拟手法。

下片"从别后，忆相逢，几回魂梦与君同"，写出了作者离别意中人之后，心中萦绕无限思念。"今宵剩把银釭照，犹恐相逢是梦中"，今晚相逢之后，作者却难以相信，将银灯点亮，只是想知道自己不是在做梦。"恐"写出作者对她的情真，营造一种迷离美的氛围。

整首词从回顾过去的相聚，写到别后相逢，作者利用声韵配合，令读者如同进入他的世界。细读全篇，词清婉丽，真情浓厚，用语活泼，创意独特，为脍炙人口的佳作。

【飞花解语】

"舞低杨柳楼心月，歌尽桃花扇底风"可对"花"字令、"风"字令。

# 月桥花院，琐窗朱户，只有春知处

"月桥花院，琐窗朱户，只有春知处"出自贺铸的《青玉案》。"只有"写出了作者找寻不到她的失落之情。整首词通过刻画暮春情景，表达自己的"闲愁"。作者以博大才华和超高艺术表现能力，将不可捉摸的事物形象化。

## 青玉案
### 贺　铸

凌波<sup>①</sup>不过横塘路，但目送、芳尘<sup>②</sup>去。锦瑟<sup>③</sup>华年谁与度？月桥花院，琐窗<sup>④</sup>朱户，只有春知处。

飞云冉冉蘅皋<sup>⑤</sup>暮，彩笔新题断肠句。苦问闲情都<sup>⑥</sup>几许<sup>⑦</sup>？一川<sup>⑧</sup>烟草，满城风絮<sup>⑨</sup>，梅子黄时雨！

【注释】

①凌波：形容女子步态轻盈。

②芳尘：指美人经过时扬起的尘土。

③锦瑟：绘有彩色花纹的瑟。

④琐窗：雕饰着连锁花纹的窗格子。

⑤蘅皋（héng gāo）：长着香草的水边高地。

⑥都：总共。

⑦几许：多少。

⑧一川：一片，满地。

⑨风絮：随风飘扬的柳絮。

## 【译文】

她脚步轻盈，却不肯来到横塘小路，我只能目送她远去。她美好的年华和谁一起度过？她是住在月下桥边花院里，还是住在有花窗的朱门大户，或许只有春风才知道。

暗云在空中飘动，长着香草的水边高地暮色沉沉，我提笔写下了几句断肠词句。如果有人问我愁情有多少，我想就像那遍地的草儿，满城随风飘零的柳絮，还有那绵绵不断的梅雨。

## 【赏析】

这首词是怀人之作，上片写昔日美人一去不返，下片写黄昏时作者的思绪。

上片"凌波不过横塘路，但目送、芳尘去"给读者刻画了一幅美人在横塘前匆匆走过，作者目送她的背影离去的情景图，写出了作者对女子的惜别。"锦瑟华年"写出了女子的美好年华。"月桥花院，琐窗朱户，只有春知处"是作者的猜想，他想象着美妙女子过着怎样的生活，这种跨时空的想象，虚中带实。

下片"飞云冉冉"写出了天气变化，"皋暮"点明时间，前两句写出了作者在傍晚时分久久伫立，看着变化的天气的情景，作者心中思绪万千，想要写词抒发心中的情感。"彩笔"指代美人。最后三句是作者对闲愁的认识，他觉得它是无边无际、连绵不断的。作者采用比喻手法将无形的事物通过有形的事物展现，令读者不得不佩服作者高超的艺术才华。

整首词标新立异，引起读者无限想象。

"飞云冉冉蘅皋暮，彩笔新题断肠句"可对"云"字令。

"一川烟草，满城风絮，梅子黄时雨"可对"风"字令、"雨"字令。

# 月满西楼凭阑久，依旧归期未定

"月满西楼凭阑久，依旧归期未定"出自李玉的《贺新郎·春情》。"月满西楼"写出远眺情景，"凭阑"写出了"久"，"依旧"写出了"空"。整首词给人以宁静氛围，写出了凄凉，写出孤寂，慢慢品读，你能领会作者的复杂情绪。

## 贺新郎①·春情
### 李 玉

篆缕②消金鼎③。醉沉沉、庭阴转午，画堂人静。芳草王孙④知何处，唯有杨花糁⑤径。渐玉枕、腾腾春醒。帘外残红春已透，镇无聊、殢⑥酒厌厌病。云鬓乱，未忺⑦整。

江南旧事休重省。遍天涯寻消问息，断鸿难倩。月满西楼凭阑久，依旧归期未定。又只恐、瓶沉金井。嘶骑不来银烛暗，枉教人、立尽梧桐影。谁伴我，对鸾镜！

【注释】

①贺新郎：词牌名。此调始见苏轼词，原名"贺新凉"，因词中有"乳燕飞华屋。悄无人，桐阴转午，晚凉新浴"句，故名。

②篆缕：形容香烟缕缕向上，就如同篆字一样盘旋。

③金鼎：香炉。

④王孙：泛指男子，这里指所思念的人。

⑤糁（sǎn）：飘荡。

⑥殢（tì）：昏昏欲睡。

⑦忺（xiān）：高兴，适意。

## 【译文】

香炉中香烟袅袅，如同篆字一般盘旋而上。醉眼中，看到庭院树影相依，日近正午，画堂中的伤心人儿安静待着。芳草萋萋，我想的人儿如今在哪里？只有杨花飘荡在小路上。春光渐去将我从枕上惊醒。抬头看着窗外落花满地，春意将尽，整日无聊，只好饮酒消愁，酒后全身无力像是生病了。鬓发凌乱，哪有心思整理。

江南旧事不要再提，我想要走遍天涯海角寻消息，然鸿声断，音信全无。月满西楼，我长时间依靠在高楼栏杆处，向远处眺望，或许他准备回来，但没有确定归期。又恐怕像银瓶沉落金井。昏暗了银座的烛灯，也不见骏马嘶叫着归来，教人枉然在月下伫立直到梧桐树影消失。凄冷时光，还有谁伴我，对着鸾镜画眉？

## 【赏析】

本首词是作者留下的唯一作品，它表现了一个思妇想着游子的情感，上片写女主人公在一个凄凉环境里思念郎君，下片写女主人公等待到最后。

上片"醉沉沉"写出了深闺情形，"画堂人静"正面写人物，"芳草"写出了女主人公想念的人儿是远行人。"镇无聊"写出了女子的无聊情怀。

下片"江南旧事休重省"，女主人公不想要旧事重提，说明她的情深义重，同时给读者留出想象空间。"月满西楼凭阑久，依旧归期未定"刻画了楼阁中独自凝望的妇人，可见她是一个多情女子。"又只

飞花令·清新婉丽品宋词

恐、瓶沉金井"，妇人等不来远行人的归期，心情发生很大的转变，由期望转为绝望。

整首词以独特意象刻画，富有感染力，形象生动地刻画了一个思妇的形象。全篇情感起伏跌宕，令全词抑扬顿挫。

### 【飞花解语】

"芳草王孙知何处，唯有杨花糁径"可对"花"字令。

"云鬟乱，未忺整"可对"云"字令。

"嘶骑不来银烛暗，枉教人、立尽梧桐影"可对"影"字令。

# 待繁红乱处，留云借月，也须拚醉

"待繁红乱处，留云借月，也须拚醉"出自程垓的《水龙吟》。"待""留""也"表明作者期望醉酒。作者以婉转笔调写了伤时之感。整首词曲折婉转，迤逦不尽。

## 水龙吟①
### 程 垓

夜来②风雨匆匆，故园定是花无几。愁多怨极，等闲③孤④负，一年芳意。柳困桃慵⑤，杏青梅小，对人容易⑥。算好春长在，好花长见，元只是、人憔悴。

回首池南旧事，恨星星⑦、不堪重记。如今但有，看花老眼，伤时清泪。不怕逢花瘦，只愁怕、老来风味。待繁红乱处，留云借月，也须拚醉。

**【注释】**

①水龙吟：词牌名，又名丰年瑞、鼓笛慢、龙吟曲等。此调25体，句读最为参差。此词为双调、102字变体。

②夜来：昨夜。

③等闲：轻易，随随便便。

④孤：同"辜"。

⑤慵：懒惰，懒散。

⑥容易：轻易，草草，疏忽。

⑦星星：比喻间杂的白发。

**【译文】**

入夜后风雨不断，想着故园中的花儿一定所剩无几。我的愁很多，怨难尽，轻易地辜负了大好的时光。抬头看柳树困倦，桃花慵懒，杏儿青了，梅子也长出了小果实，春光就这样轻易逝去。然而春天常在，花儿落了又重开，唯独人憔悴。

回首池南旧事，可恨两鬓已经斑白，难以回忆。如今只有一双如隔雾看花的老眼，以及感伤时留下的眼泪罢了。我不担心眼前花儿凋谢，只愁自己身心衰老。等到繁花绽放时，让彩云、月亮相陪，尽情喝个痛快。

**【赏析】**

这首词为怨春、伤老、怀人之作。上片由故园之思写到了怨春，下片回顾往事，感慨人生易老。

上片"夜来风雨匆匆，故园定是花无几"，作者看着眼前风雨不断，首先想到的是故园中的花儿备受风雨摧残，可以看出作者浓浓的思乡之情。"愁多怨极，等闲孤负，一年芳意"，这是作者正面抒发自己的情感，"愁"为全词的线索。作者因自身愁怨难纾解，没有心思赏花，让大好时光白白浪费，辜负一年春意。"柳困桃慵，杏青梅小，对人容易"，这是暮春时节的场景。"对人容易"，是作者感慨春天也太会敷衍人，如此轻易逝去，让人措手不及。此部分表达作者的伤春情怀，最后三句点明人易老的感慨。

下片"回首池南旧事，恨星星、不堪重记"写身在异乡，而此时白发鬓边，往事不堪回首。"如今但有，看花老眼，伤时清泪"直抒心中苦恼，"老""伤时"皆可看出。"待繁红乱处，留云借月，也须拼醉"表达了作者及时行乐的消极情绪。

整首词通过幽怨的笔调叙写，曲折表达了自己心中的"易老""伤时"，这首词不仅表达了作者的伤春情怀，还暗喻了家国身世。

**【飞花解语】**

"夜来风雨匆匆，故园定是花无几"可对"夜"字令。

"如今但有，看花老眼，伤时清泪"可对"花"字令。

# 素月分辉，明河共影，表里俱澄澈

"素月分辉，明河共影，表里俱澄澈"出自张孝祥的《念奴娇·过洞庭》。这三句给我们营造了天水相接的情景，给人一种心旷神怡的感觉。在如此环境中，势必要有豁达的心境，作者正是有此豪迈气魄，才写出了如此好词。

## 念奴娇①·过洞庭
### 张孝祥

洞庭青草，近中秋、更无一点风色②。玉界琼田三万顷，着我扁舟③一叶。素月分辉，明河④共影，表里俱澄澈。怡然⑤心会，妙处难与君说。

应念岭海经年<sup>⑥</sup>，孤光<sup>⑦</sup>自照，肝胆皆冰雪。短发萧骚<sup>⑧</sup>襟袖冷，稳泛沧浪空阔。尽吸西江，细斟北斗<sup>⑨</sup>，万象<sup>⑩</sup>为宾客。扣舷<sup>⑪</sup>独啸，不知今夕何夕<sup>⑫</sup>。

**【注释】**

①念奴娇：词牌名，又名百字令、酹江月、大江东去。此调有平仄两韵，共计12体。

②风色：风势。

③扁舟：小船。

④明河：天河。

⑤怡然：闲适的样子。

⑥经年：经过了一年。

⑦孤光：指月光。

⑧萧骚：萧条凄凉，此指头发稀疏。

⑨北斗：星座名。由七颗星排成像舀酒的斗的形状。

⑩万象：宇宙间的万物。

⑪扣舷：拍打船边。

⑫今夕何夕：今夕是什么时节？

**【译文】**

洞庭湖、青草湖连接成一片，临近中秋，没有要起风的样子。三万顷湖泊如同玉器一般清澈，我驾着一叶小舟漂荡在江面上。月光洒下清辉，天河在湖面中映照出自己的影子，水面上下通澈。我怡然自得，其中妙处很难告诉大家。

回想当年在岭海的期间，孤独月光伴我，我自认为光明磊落，肝胆如同经过冰雪荡漾，毫无尘土。此刻我短发衣薄，平静地泛舟在广阔浩渺的江面上。让我捧起西江水作为酒，细细地斟在北斗星做成的器皿中，请世间万物都来做我的宾客。我拍打着船舷，独自放声高歌，真不知今夕是什么时节。

【赏析】

　　这首词的上片写景，下片抒情。

　　上片"洞庭青草"写出地点，紧扣题目。"近中秋"点明时节，"更无一点风色"中的"风色"用法独特，风只有风向、风势，却从没有听过还有颜色。作者在此处是表达湖面的平静，并没有一丝风的影子。这种表达很有新意，更有诗意。"玉界琼田三万顷"采用比喻手法，用玉来形容湖面的清澈，"万顷"写出了湖面之开阔。"素月分辉，明河共影"描写了一幅秋水天一色美景，"表里俱澄澈"为词的题旨，不仅写了湖水之透彻，还表达了作者是一个言行一致的人。结尾两句对上总结，对下引出抒情。

　　下片"应念岭海经年"回忆往事，"孤光自照，肝胆皆冰雪"写出了自己光明磊落，话中既有愤慨，也有自豪等复杂情绪。"短发萧骚襟袖冷，稳泛沧浪空阔"写出月夜人单薄，而作者更想表达的是官场冷暖自知。"尽吸西江，细斟北斗，万象为宾客"，此为作者情感高潮部分。饮江水，以北斗做器皿，招待世间万物，可见作者的豁达。"扣舷独啸，不知今夕何夕"，在寂静夜里，作者在小舟上尽情抒发情怀，让自身融入大自然当中，忘却了一切。

　　整首词意境深邃、浩然正气、构思严谨、一波三折，为绝妙好词。

【飞花解语】

　　"洞庭青草，近中秋、更无一点风色"可对"风"字令。

　　"素月分辉，明河共影"可对"影"字令。

# 春江夜雨

春

在大多数词人眼中，春天代表着希望，此时天气回暖，燕子回巢，万物复苏，词人吟咏的仿佛不是春天，而是希望。当然，也有词人喜欢吟咏春愁，如姜夔的"夜长争得薄情知？春初早被相思染"，李清照的"楼上几日春寒，帘垂四面，玉阑干慵倚"等。那么，在行"春"字令时，你会咏唱生命还是会诉说愁绪？

## 不信芳春厌老人，老人几度送余春

"不信芳春厌老人，老人几度送余春"出自贺铸的《浣溪沙》。此两句写出春不弃人。"不信"写出了作者的耿直率真。一个"厌"字将春天看作人，"几度送"写出了对春的不舍。整首词句句直抒胸臆，给人洒脱、豪放之感。

### 浣溪沙①
#### 贺 铸

不信芳春厌②老人，老人几度送余春。惜春行乐莫辞频。
巧笑③艳歌皆我意，恼花颠酒④拼⑤君瞋。物情⑥唯有醉中真。

**【注释】**

①浣溪沙：唐教坊曲名，后用为词牌。沙，也作"纱"。

②厌：厌弃，抛弃。

③巧笑：笑得很美。《诗经·卫风·硕人》："巧笑倩兮，美目盼兮。"

④颠酒：醉酒成疯。

⑤拼：舍弃，甘愿。

⑥物情：人间的感情。

**【译文】**

我不相信春天会厌恶老人，老人还有几次送走春天的机会呢？惜春行乐要及时，不要推辞得太频繁。

美丽的笑容、动听的歌喉都合我的心意。我爱花爱酒甘愿发狂，无论他人是否会恼怒。人世间的感情只在大醉中才变得真实。

**【赏析】**

这是一首惜春行乐的词，它表达了作者年老心不老的情怀，上片点明主题惜春，感慨已老情怀，下片写出行乐之方。

上片"不信芳春厌老人，老人几度送余春"，开篇作者以耿直的态度写出了老人对春天的喜爱，一个"厌"字将春天比作人，甚是生动。"惜春行乐莫辞频"写出老人在春天中以行动珍惜春天，并点明在春天应及时行乐，与此同时，作者表达了对现实生活中的碌碌无为的愤懑。

下片"巧笑艳歌皆我意，恼花颠酒拼君瞋"，作者回顾年轻时自己的快活时光，"恼""颠""拼"写出了作者在行乐中尽情释放自我的情形。最后一句作者点明自己前面醉酒的原因，因为在醉酒中才能让自己忘乎所以，超凡脱俗。

整首词直抒胸臆，读罢全词不难体会到作者不得志的无奈。

"惜春行乐莫辞频"可对"春"字令。

"巧笑艳歌皆我意，恼花颠酒拼君瞋"可对"花"字令、"酒"字令。

"物情唯有醉中真"可对"情"字令。

# 是他春带愁来，春归何处

"是他春带愁来，春归何处"出自辛弃疾的《祝英台近·晚春》。女子梦中哽咽说着，春天带来了忧愁。作者以这样的方式，将女子的情感细腻刻画，艺术感十足。整首词生动刻画了深闺女子借春怀人的情愫。

## 祝英台近①·晚春
### 辛弃疾

宝钗分②，桃叶渡③。烟柳暗南浦。怕上层楼，十日九风雨。断肠片片飞红，都无人管，更谁劝、啼莺声住？

鬓边觑④。试把花卜⑤归期，才簪⑥又重数。罗帐⑦灯昏，哽咽⑧梦中语。是他春带愁来，春归何处？却不解⑨、带将愁去！

【注释】

①祝英台近：词牌名，又名祝英台、宝钗分等。此调八体，此词为双调、77字变体。

②宝钗分：古代女子和情人离分时，常将宝钗两股掰分，各留一股作为纪念。

③桃叶渡：在南京秦淮河与青溪合流处。

④觑（qù）：看。

⑤卜：占卜。

⑥簪：这里用作插戴。

⑦罗帐：同罗帷。

⑧哽咽：悲痛气阻，说不出话。

⑨解：懂得。

## 【译文】

在烟柳暗淡的南浦边，桃叶渡口，一对情人在拆分宝钗。伤感时分不敢登上高楼远眺，十日中有九日是风雨天。更令人伤心的是那片片落花，没人理会，黄莺鸣叫不停，谁能让它们停下来呢？

看着鬓边，取下两鬓花朵，用花瓣占卜他什么时候回来。刚刚戴了回去，又摘下重数。罗帐下的灯昏暗，我在梦中哽咽着说道："春天带来了愁怨，如今春在何处？为什么不把愁怨带走？"

## 【赏析】

这首词刻画了女子的离愁，寄托作者的忧国忧民之情，上片写了离别之苦，下片写了游子远行，女子等不到归期之恨。

上片"宝钗分，桃叶渡。烟柳暗南浦"刻画了一对情人分别的情景，"桃叶渡"点明两人分别的地点。一个"暗"字烘托了分离情景之悲凉。"怕上层楼，十日九风雨"，这是两人分别之后的情景，女子在高处看着落花，触景生情。一个"怕"字写出了女子离别后的伤悲。

下片"鬓边觑。试把花卜归期，才簪又重数"生动刻画了女子等待意中人回来的场景，她数着头上的花瓣，想着意中人何时能归来，不难看出女子对意中人的痴情。一个"觑"字写出了女子的无聊、倦怠神情。结尾"是他春带愁来，春归何处？却不解、带将愁去"，此为女子情感的真实表现，表达她对春愁的无可奈何。

整首词都包含女子对意中人的痴情，描写了女子动作，突出其心理活动，用梦话将女子内心真实展现，令读者明白女子心思。全篇章法严谨，人物形象生动。

## 【飞花解语】

"断肠片片飞红，都无人管"可对"无"字令。

"鬓边觑。试把花卜归期"可对"花"字令。

# 夜长争得薄情知？春初早被相思染

"夜长争得薄情知？春初早被相思染"出自姜夔的《踏莎行》。此两句写出了女子长夜难熬，思春之苦。此词虽短，但构思新颖。怜香惜玉之情以及惭愧之情，洋溢在字里行间，感人至深。

## 踏莎行
### 姜　夔

燕燕轻盈，莺莺娇软，分明又向华胥①见。夜长争得薄情②知？春初早被相思染。

别后书辞，别时针线③，离魂暗逐郎行④远。淮南皓月冷千山，冥冥⑤归去无人管。

## 【注释】

①华胥（xū）：指梦中理想国的代称。

②薄情：薄情郎，此处指词人。

③针线：指女子缝制的活计。

④郎行：情郎那边。

⑤冥冥（míng）：晦暗、昏昧。

【译文】

有位伊人身体轻盈，语声娇软，梦中见到是如此亲切。她向我倾诉：薄情人你是否知道长夜寂寞？春天才刚开头，却早已被我的相思情怀染遍了。

离别后寄来的书信，离别时她赠我的针线，都令我思念不已。她的魂魄离了躯体，暗暗跟随情郎到远方。淮南明月当空，千山冰冷，想必她的魂魄也在冥冥之中独自归去，无人理睬。

【赏析】

这首词写作者认识一女子，分手后，作者对她一直念念不忘。在作者东去湖州途中抵达金陵时，梦中见到了她，故写下这首词。上片写了梦中相见，下片写了醒后的思念。

上片"燕燕轻盈，莺莺娇软"不难看出作者对意中人十分钟情，字句间都透出对她的爱意，此为作者在梦中所见。"夜长争得薄情知？春初早被相思染"，通过女子自述，作者设想她应该也在承受相思之苦。

下片"别后书辞，别时针线"，作者睹物思人，看着女子寄来的情书、缝制的衣裳，心中思念不已。"离魂暗逐郎行远"，写出了女子的灵魂追寻着作者来到远方，此为作者设想，表明作者思念心切。最后两句写作者梦醒之后，想着意中人失魂落魄离去的情景，字里行间洋溢着作者怜香惜玉、负疚之感。

整首词以梦境展开叙写，以梦醒设想情人落魄离去收尾，意境甚是奇妙。

【飞花解语】

"淮南皓月冷千山，冥冥归去无人管"可对"月"字令、"山"字令、"无"字令。

# 熏炉重熨，便放慢、春衫针线

　　"熏炉重熨，便放慢、春衫针线"出自史达祖的《东风第一枝·咏春雪》。"重""放慢"写出了寒冷袭来，不得不重新燃起火炉的情景。整首词具有生活情趣，令人置身于春雪当中。词中大量引用与雪有关的自然景物、历史故事等，绘声绘色地刻画雪，为咏物词中的名篇。

## 东风第一枝①·咏春雪
### 史达祖

　　巧沁②兰心，偷粘③草甲，东风欲障新暖。谩凝碧瓦难留，信知暮寒较浅。行天入镜，做弄出、轻松纤软。料故园④、不卷重帘，误了⑤乍来双燕。

　　青未了、柳回白眼，红欲断、杏开素面。旧游忆着山阴，后盟⑥遂妨上苑⑦。熏炉重熨，便放慢、春衫针线。恐凤靴、挑菜归来，万一灞桥相见。

**【注释】**

　　①东风第一枝：词牌名，又名琼林第一枝。此调四体，此词为双调、100字正体。

　　②沁：渗透。

　　③粘：胶附，贴合。

　　④故园：旧家园、故乡。

　　⑤了：完全。

　　⑥后盟：后期。

　　⑦上苑：供皇帝玩赏、打猎的园林。

## 【译文】

春雪巧妙地沁入兰花花蕊中，悄悄地粘在刚露头角的草尖上，仿佛想要阻隔春风送来的暖意。只怕琉璃瓦上的雪很快就融化了，我知道此时的寒气很浅。整个大地白如镜，飘飞的雪片堆积成轻松的雪痕。想来故乡应该还在下雪，层层帘幕还没有被卷起，阻隔了归来的双燕。

雪天绿色未尽，嫩柳从雪中钻出，刚开的杏花也由红色变成粉妆素面。想到从前王徽之雪中访问故友，走到门口却又离开了。雪路难行，司马相如迟赴了兔园的高宴。闺中人重新点燃了熏炉，放慢了织春衫的针线。只怕那穿着凤靴的佳人挑菜归来时，还能在灞桥与我相逢。

## 【赏析】

这是一首咏春雪的词，上片写怕雪误春，下片写怕春融化雪。

上片"巧沁兰心，偷粘草甲，东风欲障新暖"，作者刻画了正当早春之时，突如其来的春雪伴着阵阵寒意，"巧沁""偷粘"写出了静态雪景。"谩凝碧瓦难留"中的"难留"写出了雪轻薄而易消融，侧面写出了春意。"行天入镜，做弄出、轻松纤软"正面刻画春雪情景，"轻""软"生动刻画了春雪之柔软。结尾两句，一个"料"字，作者展开了想象，此处作者借助双燕，抒发对故乡、亲人的想念之情。

下片"青未了、柳回白眼，红欲断、杏开素面"，此处作者继续刻画春雪中的情景。"旧游忆着山阴，后盟遂妨上苑"引用两个典故。"熏炉重熨，便放慢、春衫针线"此处写了因室外天气依旧寒冷，熄灭的炉火被重新点燃，春天要穿的衣服也可以缓些做。结尾最后一句使用典故，此处暗指挑菜时节，寒气依旧，同时写明了作者在大地复苏时节凄凉依旧。

整首词标新立异，通读全篇给人以美感，题目是咏雪，而全词没有出现一个雪字，但字词间却都是在写雪。咏物主要是借物抒情，本词以细腻的笔调生动刻画了春雪的特点和雪中百态。

"巧沁兰心，偷粘草甲，东风欲障新暖"可对"风"字令。

"旧游忆着山阴，后盟遂妨上苑"可对"山"字令。


# 花院梨溶，醉连春夕


"花院梨溶，醉连春夕"出自蒋捷的《瑞鹤仙·乡城见月》，写出了梨园的静谧。整首词紧扣"乡城望月"，笔锋含蓄，造诣很深。此句不仅可以对"春"字令，还可以对"花"字令。


## 瑞鹤仙① · 乡城见月
### 蒋 捷

绀烟迷雁迹。渐碎鼓零钟，街喧初息。风檠②背寒壁。放冰蟾③，飞到蛛丝帘隙。琼瑰④暗泣。念乡关⑤、霜华⑥似织。漫将身化鹤归来，忘却旧游端的⑦。

欢极。蓬壶蕖⑧浸，花院梨溶⑨，醉连春夕。柯云罢弈。樱桃在，梦难觅。劝清光，乍可⑩幽窗相伴，休照红楼夜笛。怕人间换谱伊凉，素娥未识。


【注释】

①瑞鹤仙：词牌名，亦称一捻红。此调16体，此词属双调、102字史词正体，断句二异。

②风檠（qíng）：戴罩防风的灯具。

③冰蟾：皎洁的月亮。

④琼瑰：指瑰玉。

⑤乡关：指故乡。

⑥霜华：指月光。

⑦端的：确实情况。

⑧藻：芙蕖，荷花。

⑨溶：安闲。

⑩乍可：宁可。

## 【译文】

青红色的烟雾迷离，掩盖了飞雁踪迹。渐渐听到，零碎钟声鼓声不断，街道喧哗刚刚停息。风灯背靠着寒冷的墙壁不断摇曳，冰晶般的明月放着光辉，飞入细密珠帘缝隙中。像声伯暗哭泣，泪珠凝成琼玉。想着我家乡一定也是月光倾泻，如霜铺满地。像丁令威随意把自身化为白鹤归去，却忘记故游的地方在哪里。

昔日游玩极为欢乐。宛若蓬壶仙境的红莲倒映水中，梨花盛开的庭院，花容娇艳，一连几个晚上都是醉酒狂欢。如王质梦中观棋，醒来时发现斧柄早已烂掉，又如有人梦到邻居偷吃樱桃，醒来樱桃坠落在枕畔，这样的梦境难以寻觅。我劝那明月，只可与我幽窗相照为伴，不要去那夜晚吹笛的红楼。只怕人间的笛谱早已换成凄凉的《伊州》《凉州》等北方曲调，嫦娥不懂人间的恩怨情仇。

## 【赏析】

这首词抒发了作者望月思乡之情，上片写了梦中归来，下片写了梦中欢乐之情，而梦醒伤悲。

上片"绀烟迷雁迹。渐碎鼓零钟，街喧初息"刻画了乡城暮春情景，"迷"字表明因烟雾而看不到大雁踪迹，实则写作者心境迷离，同时"雁迹"牵动着作者的归心。"风檠背寒壁。放冰蟾，飞到蛛丝帘隙"刻画乡城之月，"蛛丝帘隙"写出了月光无孔不入。此后两句写出了作者对故乡的怀念，最后两句，写作者进入梦乡。"化鹤归来"，他成仙化为白鹤，然"忘却旧游"，今非昔比，物是人非。

下片"欢极"二字统领下片，写出对昔日的回忆。"蓬壶蕖浸"写出了荷花的鲜艳，"花院梨溶"写出了梨花的静谧。"柯云罢弈"写出作者感慨自己已老，"梦难觅"可见作者先前所见所闻皆为梦中情景。"换谱伊凉"表示不满异国曲调，"素娥未识"写出回味中原琴音。

整首词紧扣望月主题，从月写到思乡，因思而入梦，梦醒后作者甚是感伤，笔调轻盈，意蕴深长。

**【飞花解语】**

"风檠背寒壁。放冰蟾"可对"风"字令。

"怕人间换谱伊凉，素娥未识"可对"人"字令。

# 楼上几日春寒,帘垂四面,玉阑干慵倚

"楼上几日春寒,帘垂四面,玉阑干慵倚"出自李清照的《念奴娇·春情》。"帘垂四面"是承接上片的"重门须闭"，一个"慵"字写出了作者的无聊。整首词词调悲苦，全篇融情于景，浑然天成，为不凡的闺怨词。

## 念奴娇①·春情
### 李清照

萧条庭院，又斜风细雨，重门②须闭。宠柳娇花寒食近，种种恼人天气。险韵诗成，扶头酒③醒，别是闲滋味。征鸿④过尽，万千心事难寄。

楼上几日春寒，帘垂四面，玉阑干⑤慵倚。被冷香消⑥新梦觉，不许愁人不起。清露晨流，新桐初引，多少游春意。日高烟敛，更看今日晴未。

【注释】

①念奴娇：此词属双调、仄韵100字正体。

②重门：一道一道的门。

③扶头酒：易醉之酒。

④征鸿：远飞的大雁。

⑤玉阑干：栏杆的美称。

⑥香消：铜炉里的香料已经烧完。

【译文】

萧条庭院中，吹来斜风细雨，重重门儿紧闭。春天娇花绽放，柳树渐绿而寒食节临近，种种恼人的天气也来了。推敲险奇的韵律写成诗篇，喝烈酒想要喝醉，醒后却是另一种滋味。远飞的大雁尽行飞过，心中千万事难以寄出。

楼上连日春寒袭来，只能将四面垂帘落下，玉栏杆都懒得去倚靠。被子里寒冷，熏香散尽，短梦刚醒。此番情景，让千愁万绪的我不得不起。早晨露珠翻滚，梧桐树上长了新叶，此情景引来游人游览春意。太阳挂了很高，晨雾逐渐散去，看看今天是否真的放晴了。

【赏析】

这首词是写春日寂寞闺情，上片写心事，下片写梦。

上片"萧条庭院，又斜风细雨，重门须闭"写出了时节，萧瑟的情景。"宠柳娇花寒食近，种种恼人天气"，作者直抒胸臆，写出了寒食节前后天气阴晴不定，表达了作者不喜欢这样的天气。"征鸿过尽，万千心事难寄"点明作者闲愁的原因，在于她想念远行的夫君，"万千心事"突出她对夫君的种种情思。

下片"楼上几日春寒，帘垂四面，玉阑干慵倚"，作者懒得倚栏杆，写出了她独自留守闺中的惆怅。"不许愁人不起"写出了作者在夫君远行离去后就没有了乐趣。最后两句写出太阳高挂，但作者仍担心天气是否真正放晴。同时，"晴未"更指代作者担心人生在世的风雨不测。

　　李清照在33岁之时，夫君离她而去，她独守空闺，断魂之事无可寄托，故在忧伤之时写了这篇词。

## 【飞花解语】

　　"萧条庭院，又斜风细雨，重门须闭"可对"风"字令、"雨"字令。

　　"宠柳娇花寒食近，种种恼人天气"可对"花"字令、"天"字令。

　　"被冷香消新梦觉，不许愁人不起"可对"香"字令、"人"字令。

在大多数词人的作品中，江水总是与离愁别绪有关，如李之仪的"我住长江头，君住长江尾"。登高望远，见滔滔江水，想起远去的好友以及一去不复返的岁月，心中自然感慨万千。那么，在行"江"字令的时候，你会叹一声"江水西头隔烟树。望不见、江东路"，还是会豪情万丈地对一句"大江东去，浪淘尽、千古风流人物"？

## 寒江天外，隐隐两三烟树

"寒江天外，隐隐两三烟树"出自柳永的《采莲令》。此为全词结语，以景作结，寒流边，烟云笼罩几棵树。这种以景言情的写法并不常见，作者此处采用这样的手法，可见独具一格。整首词铺叙展衍，层次分明。

### 采莲令①

#### 柳 永

月华收，云淡霜天曙。西征客、此时情苦。翠娥执手，送临歧②、轧轧③开朱户。千娇面、盈盈伫立，无言有泪，断肠争忍④回顾？

一叶兰舟，便恁急桨凌波⑤去。贪行色⑥，岂知离绪。万般方寸⑦，但饮恨、脉脉同谁语？更回首、重城⑧不见，寒江天外，隐隐两三烟树。

**【注释】**

①采莲令：词牌名，此调为双调，此调仅此91字、双调一体。

②临歧：来到岔路口。

③轧轧：开门声。

④争忍：怎能受得了。

⑤凌波：乘着波浪。

⑥贪行色：片面追求出发前后的神态、情景或气派。

⑦方寸：指心绪。

⑧重城：指城郭重重。

**【译文】**

云淡月落，地上有霜，天色渐亮。此时远行西边的人，心中最苦。美人手握着我的手，为了送我到岔路口，打开朱红大门。她的脸庞娇媚、身姿轻盈，久久地站立着，并没有什么话对我说，只是流着泪。我的肠快断了，怎忍心回头看她？

我乘一叶扁舟，随流水急忙而去。临走时，我只顾准备，行色匆匆，哪知离别愁绪，如今万般涌上心头。我只能饮恨，含情脉脉向谁述说呢？等我回头看时，重重城郭早不见了。在这寒冷秋江上，只隐约看到天外几棵烟蒙蒙的树罢了。

**【赏析】**

这首词写了闺中人送别游子的离别之愁，上片写了女子送行，下片写了游子的旅途。

上片"千娇面、盈盈伫立，无言有泪"，作者将女子送别夫君的情景刻画得淋漓尽致，写出了女子的多情，以及楚楚动人，衬托了离别的凄凉。同时，前面的"轧轧"声和此处的"无声"形成鲜明对比，更令人感受到当时的凄凉。

下片"一叶兰舟，便恁急桨凌波去"刻画了一叶扁舟在水中离去的

场景，一个"急"字写出了男子的绝情。而"贪行色，岂知离绪。万般方寸，但饮恨、脉脉同谁语"继续写男子行舟情景，同时不难看出男子此刻心中积攒了不少离愁别绪。结尾两句用以描写景色，作者采用以景言情手法，推动全词情感进入高潮部分。

整首词表现了送行者的恋恋不舍，同时表达了行人的情感。作者细致刻画了人物的心理活动，整体结构分明、曲折，将写景、抒情、叙事融为一体。

**【飞花解语】**

"月华收，云淡霜天曙"可对"月"字令、"云"字令。

"西征客、此时情苦"可对"情"字令。

"千娇面、盈盈伫立，无言有泪"可对"无"字令。

# 飞燕又将归信误，小屏风上西江路

"飞燕又将归信误，小屏风上西江路"出自赵令畤的《蝶恋花》。一个"又"字，点明了失望的次数。本来是寄信人没寄信，而主人公却将此恨埋怨到飞燕身上，看得出作者的构思巧妙。此句不仅能够对"江"字令，还可以对"风"字令。

## 蝶恋花①

### 赵令畤

欲减罗衣寒未去，不卷珠帘，人在深深处。红杏枝头花几许，啼痕②止恨清明雨。

尽日沉烟香③一缕，宿酒醒迟，恼破春情绪。飞燕又将归信误，小屏风④上西江路。

①蝶恋花：词牌名，又名鹊踏枝、凤栖梧，唐教坊曲名。此调属双调、仄韵60字正体。全首韵脚属第三部分去声，"置""霁"通韵。

②啼痕：泪痕，此指杏花上沾有雨迹。

③沉烟香：即沉香。木材可制熏料，气味芳香，又名沉水香。

④屏风：设于门的前后，更有床边之曲屏和床头之枕屏，既是障风之物，也是陈饰之具。

## 【译文】

想要少穿罗衣，但寒气尚未褪去，不想将垂下的帘子卷起，人在庭院深处。红杏枝头开了多少朵花儿？离愁别恨，让我的泪水如同清明时节的雨一般。

我整日伴着沉香，昨夜酒后醒来得迟，被这恼人的天气惹得心烦意乱。飞燕又延误了他归来的信息，只好对着屏风想象他在异乡的种种。

## 【赏析】

这首词抒发了春日闺中之情，上片伤春，下片怀人。

上片"欲减罗衣寒未去"点明时节，也写出了女子受天气影响，心情也不阳光。"不卷珠帘，人在深深处"抒发了主人公看着窗外物是人非，触景伤情，只能躲在庭院深处，避免感伤。"深"字营造了一种厚重氛围。"红杏枝头花几许，啼痕止恨清明雨"，女子看着红杏开满枝头，但她想着它能绽放多久，她对花有如此感慨，更是对自己的青春有无限感慨，将青春同花儿做对比。

下片"尽日沉烟香一缕"刻画闺中情景，"尽""一缕"可见闺中女子的生活十分无聊、乏味，如此度日，心中愁苦难耐。"宿酒醒迟，恼破春情绪"，女子无处排解心中愁苦，想要借酒浇愁，怎知酒醒之后，反而引出了她的春愁。结尾点明女子心中愁苦的原因，原来是她的意中人迟迟没有音讯。

整首词不难看出女子的一往情深，结尾以燕子忘带心中人的音信结尾，令人读完意犹未尽，一咏三叹。

## 【飞花解语】

"欲减罗衣寒未去，不卷珠帘，人在深深处"可对"人"字令。

"红杏枝头花几许，啼痕止恨清明雨"可对"花"字令、"雨"字令。

"尽日沉烟香一缕，宿酒醒迟，恼破春情绪"可对"香"字令、"情"字令。

# 梦入江南烟水路，行尽江南，不与离人遇

"梦入江南烟水路，行尽江南，不与离人遇"出自晏几道的《蝶恋花》。此处"江南"二字叠用，让情感更加浓重。全词篇幅不长却有种淡淡而独特的风格，此句还可以对"水"字令、"人"字令。

## 蝶恋花
### 晏几道

梦入江南烟水路，行尽江南，不与离人遇。睡里销魂无说处，觉来惆怅销魂误。

欲尽此情书尺素①，浮雁沉鱼，终了②无凭据。却倚缓弦歌别绪，断肠移破秦筝③柱。

## 【注释】

①尺素：古代用绢帛作笺，长度通常一尺，用来作文、写信，故称"尺素"。

②终了：终归。

③秦筝：筝，拨弦乐器，战国时传到秦地，故称"秦筝"。

**【译文】**

　　我在梦中走上到处烟雾雨水的江南路，走遍江南大地，也不曾和离人相遇。我心中的伤愁不知和谁说，醒来心中惆怅，才知道是一场梦。

　　想要写情书表达我对你的相思之情，可天上的大雁、水中的鱼儿都不肯替我传达离愁别绪。我只好弹奏筝，排遣心中不快，曲子已弹完，而愁绪却没能抒发。

**【赏析】**

　　这首词诉说了寂寞、凄凉心境，上片写了离别之后的孤独，下片写了弹筝题词的伤悲。

　　上片"梦入江南烟水路，行尽江南，不与离人遇"，这是写梦中的情景，然而梦中都见不到心上人。"烟水路"刻画了江南美景，令梦境更优美。"行尽"二字写出了求索之苦，同时写出思念之深。结尾两句写出了在梦中没办法找到心上人，本身情绪就很低落，然而醒来之后，心情却更加惆怅，此处两次用到了"销魂"，更递进一层，令情感跌宕起伏。

　　下片"欲尽此情书尺素，浮雁沉鱼，终了无凭据"，作者想要将心中的情感化为文字寄出，然而信无从寄出，即便寄出也得不到回信。结尾两句，正是自己心中的惆怅无法发泄，作者想要借助琴弦来排解，而琴音高低正是作者的"断肠"表现。

　　整首词流畅，抑扬顿挫，别具风格。

**【飞花解语】**

　　"睡里销魂无说处，觉来惆怅销魂误"可对"无"字令。

　　"欲尽此情书尺素，浮雁沉鱼，终了无凭据"可对"情"字令、"无"字令。

# 大江东去，浪淘尽、千古风流人物

"大江东去，浪淘尽、千古风流人物"出自苏轼的《念奴娇·赤壁怀古》。"浪淘尽"将眼前江水同古人巧妙联系，表达了作者对古人的怀念。整首词赞美山河、追念英雄人物，包含了作者对现实的不满。

## 念奴娇·赤壁怀古
### 苏 轼

大江东去，浪淘尽、千古风流人物。故垒①西边，人道是、三国周郎②赤壁。乱石崩云，惊涛裂岸，卷起千堆雪。江山如画，一时多少豪杰。

遥想公瑾当年，小乔③初嫁了，雄姿英发。羽扇纶巾④，谈笑间、樯橹⑤灰飞烟灭。故国⑥神游，多情应笑我，早生华发，人间如梦，一尊还酹⑦江月。

【注释】

①故垒：旧时营垒。过去遗留下来的营垒。

②三国周郎：即周瑜，字公瑾，三国时吴国名将。

③小乔：即小桥，桥玄之小女，江东出名的美人。

④羽扇纶（guān）巾：古代儒将的便装打扮。纶巾，青丝制成的头巾。

⑤樯橹（qiáng lǔ）：以船上装置代指曹操统率的魏军战船。

⑥故国：指旧地，三国旧战场。

⑦尊：同"樽"；酹（lèi）：把酒浇在地上或倒在水中表祭奠之意。

【译文】

大江浩荡向东流去，滔滔巨浪淘尽千古英雄人物。旧时营垒西边，那里是人们所说的三国时周瑜大破曹军的赤壁。陡峭石壁直穿云霄，惊涛拍打着岸边，激起的浪花如同千万堆雪。雄壮的江山如同画卷，一时间涌现了多少英雄好汉。

想起当年的周瑜，那时小乔刚嫁给他，他英姿飒爽，手摇羽扇，头戴纶巾，谈笑间，就能将敌军战船消灭。今日重游昔日战地，可笑我的多愁善感，白发早早长在头上。人生如同一场梦，举起一杯酒祭奠江上的明月。

## 【赏析】

这首词是作者被贬后所作，他心中忧愁无限，在黄州赤壁游玩时，看到眼前情景，生出不少感触，故作此词。他在回忆昔日周瑜战事的同时，感慨时光流逝。上片回顾赤壁之事，重在写景，下片重在写人，阐述自己的感慨。

上片"大江东去，浪淘尽、千古风流人物"不仅写出了大江的气势，还写出了作者对昔日英雄的崇拜之情。此后五句中"乱""崩""惊""裂""卷"生动刻画了古时战场的惊险形势，突出赤壁险恶，渲染赤壁大战中的环境气氛。

下片"雄姿英发""羽扇纶巾，谈笑间、樯橹灰飞烟灭"，这些都是作者在刻画周瑜当时才华横溢，同时，周瑜的才华也反衬出作者年老无所作为的悲情。"多情应笑我，早生华发"，这是作者对自己年老的感慨。结尾两句体现了作者不甘堕落，仍想要奋发上进之情。

作者是一个豁达之人，虽然仕途失意，但他并没有丧失对生活的信心。这首词中作者表达的心情是复杂的，但整体笔调给人的感觉依旧是豪迈的。

## 【飞花解语】

"故国神游，多情应笑我，早生华发"可对"情"字令。

"人间如梦，一尊还酹江月"可对"人"字令、"江"字令。

# 我住长江头，君住长江尾

"我住长江头，君住长江尾"出自李之仪的《卜算子》。重叠复沓句式，加强咏叹韵味。整首词以长江水为线索展开叙写，用语平常，感情真挚，以绵绵长江水写出了双方情意浓浓，它是耳熟能详的"江"字飞花令。

## 卜算子①
### 李之仪

我住长江头②，君住长江尾③。日日思君不见君，共饮长江水。

此水几时休？此恨何时已？只愿君心似我心，定不负相思意。

**【注释】**

①卜算子：词牌名，亦称百尺楼、眉峰碧等。此调双调，44字正体。

②长江头：指长江上游。

③长江尾：指长江下游。

**【译文】**

我住长江头，你住长江尾，天天思念你却见不到你，虽然共饮这长江水。

长江水什么时候能停止流动？我心中的仇恨什么时候才能终止？只希望你的心像我的心一样，千万不要辜负我对你的痴情。

**【赏析】**

这首词抒发了闺中怀人之情，上片写不见心上的人儿，下片写希望心中人儿不要变心，辜负自己。

上片"我""君"做对比，"长江头""长江尾"相对比，写出了双方距离遥远，也写出了两人情深意长。结尾两句写出了全词的主旨

飞花令·清新婉丽品宋词

"日日思君不见君"，但却"共饮长江水"。结尾两句别有一番深情，"不见""共饮"用词巧妙，耐人寻味。

下片"此水几时休？此恨何时已"承接上片，对"不见君"进一步阐释，"几时休"与"何时已"相对，写出了主人公的愁思如同长江水一般绵绵不断。结尾两句表达了主人公希望两人同心，不负对方的永恒爱情。

这首词中的情谊深厚，令读者感到主人公之间的爱情如同那江水一般绵长，作者运用白描手法，刻画了一个痴情女子的内心。

## 【飞花解语】

"日日思君不见君，共饮长江水"可对"江"字令、"水"字令。

# 故人早晚上高台，赠我江南春色、一枝梅

"故人早晚上高台，赠我江南春色、一枝梅"出自舒亶的《虞美人·寄公度》。此两句为虚写，从对方入笔，彰显心有同感，此处慰藉作者冷寂心绪，提起对生活的向往。整首词运笔疏隽，情意浓厚。

## 虞美人①·寄公度

### 舒 亶

芙蓉②落尽天涵水，日暮沧波起。背飞③双燕贴云寒，独向小楼东畔、倚栏看。

浮生只合尊④前老，雪满长安⑤道。故人早晚上高台，赠我江南春色、一枝梅。

**【注释】**

①虞美人：词牌名，又称一江春水等，唐教坊曲名。此调为双调，56字，上下片各四句，皆为两仄韵转两平韵。

②芙蓉：指荷花。

③背飞：背离而飞。

④尊：同"樽"，酒杯。

⑤长安：本意为汉、唐的都城。此指宋都开封。

**【译文】**

荷花落尽，天水相连，黄昏时烟波随风飘荡。双燕贴着寒云相背而飞，我倚靠着小楼东边栏杆眺望。

光阴荏苒，只能借酒度日，大雪落满京城街道。我知道朋友也会时时登上高楼远望，请给我寄来一枝满含江南春意的梅花。

**【赏析】**

这首词写了思念故人的情感，上片从夏末写到了秋日，下片从冬日写到了早春。

上片"芙蓉落尽天涵水"刻画了末夏情景，"日暮沧波起"中的"沧波"写出了水天一色之景。结尾两句写主人公一个人倚靠高楼栏杆，望着空中相背而飞的双燕。一个"独"字写出了主人公的孤独惆怅。

下片"浮生只合尊前老，雪满长安道"点明地点是宋都开封，此两句给人以悲寂之感。结尾两句作者以虚写实，借用南朝宋陆凯折梅题诗寄范晔的典故。

整首词情深意切、用笔流畅。

**【飞花解语】**

"芙蓉落尽天涵水，日暮沧波起"可对"天"字令。

"背飞双燕贴云寒，独向小楼东畔、倚栏看"可对"云"字令。

"浮生只合尊前老，雪满长安道"可对"雪"字令。

越是满怀愁绪之人，越喜欢在万籁俱寂的深夜在院中徘徊，如晏殊的"双燕欲归时节，银屏昨夜微寒"，秦观的"丽谯吹罢《小单于》，迢迢清夜徂"等。在行"夜"字令时，你是否能感受到词人的孤寂和忧伤？

## 双燕欲归时节，银屏昨夜微寒

"双燕欲归时节，银屏昨夜微寒"出自晏殊的《清平乐》。前半句写景，后半句抒情，此两句表达了一种清凉之意。整首词笔锋娴雅，结构紧密，布局精巧，生动展现出作者清闲形象，抒发了淡淡的忧伤。

### 清平乐①
晏　殊

金风②细细，叶叶梧桐坠。绿酒初尝人易醉，一枕小窗浓睡。
紫薇朱槿花残，斜阳却照阑干。双燕欲归时节，银屏③昨夜微寒。

**【注释】**

①清平乐（yuè）：唐教坊曲名，后用为词牌名。又名清平乐令、醉东风、忆萝月。《宋史·乐志》入"大石调"，《金奁集》《乐章

集》并入"越调"。

②金风：秋风。

③银屏：镶嵌银丝花纹的屏风。

## 【译文】

秋风轻轻吹，梧桐叶纷纷坠落。第一次饮新酒，人容易醉，我在小窗下睡得正香。

紫薇花、朱槿花都已凋谢，斜阳依旧照着栏杆。双燕到了即将离开的时节，镶嵌银丝花纹的屏风昨夜微寒。

## 【赏析】

这首词是秋日抒怀，抒发了作者淡淡的忧伤。

上片"金风细细，叶叶梧桐坠"点明时间，"叶叶"写出了落叶飘零情景。"绿酒初尝人易醉"，此句中的"初""易"写出了主人公第一次喝酒，并且酒量不大。结尾一句作者写出了醉酒后沉睡，心中有愁，容易喝醉，暗示主人公心中有淡淡的忧愁。

下片"紫薇朱槿花残，斜阳却照阑干"，这是主人公酒醒后，所见窗外之景。笔调比较欢快，丝毫看不出有情绪，可见此时的他心情应该不错。结尾两句作者写出了双燕归去，他想到昨日自己醉酒一人休息，不仅是天寒，更是心寂。作者采用银屏微寒，寓情于景，含蓄婉转。

这首词结构严谨，运用色彩词语，作者将自己的情感都渗透到所刻画的事物当中，读者细品便能理解其中愁绪。

## 【飞花解语】

"金风细细，叶叶梧桐坠"可对"风"字令。

"绿酒初尝人易醉，一枕小窗浓睡"可对"酒"字令。

"紫薇朱槿花残，斜阳却照阑干"可对"花"字令。

# 夜深风竹敲秋韵，万叶千声皆是恨

"夜深风竹敲秋韵，万叶千声皆是恨"出自欧阳修的《玉楼春》。通过风吹竹声等常见事物刻画出一个思妇的内心。整首词以景寓情，情中夹带凄凉情景，将深闺中的人儿的离愁别恨刻画得淋漓尽致。

## 玉楼春
### 欧阳修

别后不知君远近，触目凄凉多少闷。渐行渐远渐无书，水阔鱼沉①何处问。

夜深风竹敲秋韵②，万叶千声皆是恨。故欹单枕③梦中寻，梦又不成灯又烬④。

**【注释】**

①鱼沉：书信不通，音信全无。

②秋韵：指秋风吹动竹叶发出的声音。

③单枕：孤枕。

④烬（jìn）：灰烬，指灯已熄灭。

**【译文】**

分别后不知道你离我多远，满眼凄凉，心中有无尽的愁闷。你渐行渐远没有音信，鱼雁不传递书信，向哪里询问你的消息？

深夜里秋风吹动着竹子哗哗作响，每片叶子仿佛都在述说着心中的仇恨。我靠在孤枕上想要在梦中寻找，然而灯芯燃尽，我还是没有进入梦乡。

**【赏析】**

这首词抒发了思妇的相思愁绪，上片写了思妇打探夫君无音信，下片写了思妇孤枕难眠的愁苦。

上片"别后不知君远近"，此句写离别夫君后，不知两人相距多远。"触目凄凉多少闷"直抒别离后的愁绪。"多少""不知远近"模糊概念，表达心中的惆怅是无尽的。结尾两句写别离后没有音信，抒发了女主人公的思夫心情。

下片"夜深风竹敲秋韵，万叶千声皆是恨"，女主人公听到竹子哗哗响声，这看似一般的自然景观，但此刻的叶子声，在她听来都是在讲述心中的愁恨。结尾两句，女子知道在现实中不可能见到他，于是想要在梦中寻他，怎知灯芯都灭了，梦依旧没做成。此处一语双关，不仅是灯熄灭了，更指自己和他的相会无法实现，她的命运如同灯芯一般，此处让人回味无穷。

整首词由远及近，从现实到梦幻，从梦幻回归现实，情景交融，以代言体表达了思妇凄婉的愁绪。

**【飞花解语】**

"渐行渐远渐无书，水阔鱼沉何处问"可对"无"字令、"水"字令。

# 曲阑干外天如水，昨夜还曾倚

"曲阑干外天如水，昨夜还曾倚"出自晏几道的《虞美人》。此两句刻画了思妇独自倚靠栏杆眺望的情景。"天如水"写出了良辰美景，表现出思妇对眼前景色的珍惜，对昔日欢情的眷恋。整首词写人传神，意境优美。

# 虞美人

晏几道

曲阑干①外天如水，昨夜还曾倚。初将明月比佳期，长向月圆时候、望人归。

罗衣著破前香在，旧意谁教改？一春离恨懒调弦，犹有两行闲泪、宝筝②前。

## 【注释】

①阑干：古代建筑物附加的木制栅栏。

②宝筝：名贵的筝。

## 【译文】

曲栏杆外天空清澈如水，昨晚我还倚靠在栏杆上。月圆时节是相会佳期，所以每当月圆时候我都希望你能回到我身边。

绫罗衣服已被我穿坏，但香味依旧，可不知道远方的游子，谁让他改了初衷。春愁离恨让我懒得拨动筝弦，呆站在古筝前，落下伤心的两行眼泪。

## 【赏析】

这首词写了女子的离恨之情，上片写了倚栏怀人，下片睹物思人。

上片"曲阑干外天如水"写女主人公今夜倚栏杆，而接下来一句告诉读者她昨日也倚靠在栏杆上。可见她是日日都倚靠在栏杆上，思念意中人。结尾两句是女主人公对月怀人，"初"字和"长"字写出了女主人公长时间望月思人，表现了她的痴情。

下片"罗衣著破"，衣服都已经破掉了，可见其穿衣时间之长。"前香在"，女子难忘昔日情意。结尾两句表达了整首词的主旨——离恨。"懒调弦""两行闲泪"写出了女主人公因整日思念，而心中无所事事，对着古筝，想起往事，心中的苦楚不禁涌上心头。女主人公的苦

恨，被作者刻画得惟妙惟肖。

这首词写女主人公的举止、心理活动甚是传神，凄凉感人。

## 【飞花解语】

"初将明月比佳期，长向月圆时候、望人归"可对"月"字令、"人"字令。

"罗衣著破前香在，旧意谁教改"可对"香"字令。

# 试问夜如何，夜已三更

"试问夜如何，夜已三更"出自苏轼的《洞仙歌》。"夜如何"写主人公出行竟忘记了时辰，整首词写出了花蕊夫人的美好品质，表达了作者对时光流逝的感慨。全词想象奇特，意境深远，读后令人神往。

## 洞仙歌①

### 苏 轼

冰肌玉骨，自清凉无汗。水殿②风来暗香满。绣帘开、一点明月窥人，人未寝、欹枕钗横鬓乱。

起来携素手③，庭户无声，时见疏星渡河汉。试问夜如何，夜已三更，金波④淡、玉绳⑤低转。但屈指西风几时来，又不道流年，暗中偷换。

## 【注释】

①洞仙歌：唐教坊曲名，后用作词牌，亦称洞中仙等。此调有令词和慢词两体，令词自82字至93字，慢词自118字至126字。此调40体，此词为双调、83字初体。

②水殿：建在摩诃池上的宫殿。

③素手：指女子白嫩的手。

④金波：指月光。

⑤玉绳：玉绳为两座星宿之名，在北斗第五星玉衡的北面。

**【译文】**

她有雪白的肌肤，润泽如玉，身体清凉没有汗水。宫殿清风徐来，带着一阵幽香。绣帘被清风吹开，明月透过窗户照在美人身上。美人没睡着，倚靠在枕头上，钗横鬓乱。

他起来握着她白嫩的手，走在寂静的庭院中，不时见到流星横穿银河。美人问：夜已多深？夜已过三更，月光淡淡，玉绳星向下转。她掐指一算，不知秋风多久会来。不知不觉时光匆匆流逝，岁月悄悄变换。

**【赏析】**

这首词上片写了美人在水殿倚靠枕头情景，下片写了水殿外的轻声细语。

上片"冰肌玉骨，自清凉无汗"写了花蕊夫人的风姿，在接下来的描写中，作者通过水、风等自然事物，烘托她的冰清玉洁。"一点明月窥人"作者借月光的"眼睛"写出了她的"敧枕钗横鬓乱"，反衬她的美好姿态。

下片"起来携素手"写出美人和心爱的人一起携手散步。"庭户无声"营造了静谧氛围。结尾三句是整首词的点睛之笔，写出了时光易逝，美人感慨时光变化如此之快，有惋惜之意。

这首词想象奇特，读后令人神往。

**【飞花解语】**

"水殿风来暗香满"可对"水"字令、"风"字令、"香"字令。

"起来携素手，庭户无声"可对"无"字令。

# 丽谯吹罢《小单于》，迢迢清夜徂

"丽谯吹罢《小单于》，迢迢清夜徂"出自秦观的《阮郎归》。"徂"写出了不得入睡的情景，也传达了度除夕如年的浓重孤寂情感。整首词言辞凄婉，动人心弦，用精致笔调，将情语、景语融入一体，意味深长。

## 阮郎归
### 秦　观

湘天风雨破寒初，深沉庭院虚。丽谯①吹罢《小单于》②，迢迢清夜③徂④。

乡梦断，旅魂孤，峥嵘⑤岁又除。衡阳犹有雁传书，郴阳⑥和⑦雁无！

## 【注释】

①丽谯：绘有彩纹的城门楼。

②《小单于》：唐代曲子名称。

③清夜：清静之夜。

④徂（cú）：往，去。

⑤峥嵘：这里指寒气凛冽。

⑥郴（chēn）阳：今湖南省郴州市，在衡阳南。

⑦和：连。

## 【译文】

湘南多风雨的天气，寒冷如初，深邃的庭院空空然。彩绘城楼上吹奏着《小单于》乐曲，漫长清静的晚上在孤独中度过。

思乡的梦断断续续，旅人孤独，寒冷中又度过一年除夕夜。感慨衡阳还有大雁可以传递音信，郴阳却连大雁都没有。

**【赏析】**

此为羁旅思乡之愁，上片写环境，下片写哀愁。

上片"湘天风雨破寒初，深沉庭院虚"勾勒了寂静环境，点明了时节、地点。结尾两句写作者在漫漫长夜中孤独度过，"迢迢"写出了岁月的长，"清"写出了夜的静，"徂"写时间慢慢流逝。不难看出作者在使用字词时很是细致、贴切。

下片"乡梦断，旅魂孤"，作者此刻离乡已有三年，通过这短短六字不难看出他对家乡的思念之情。"峥嵘岁又除"，作者正面写了除夕，一个"又"字饱含深意。结尾两句采用鸿雁传书典故，写出了作者并没有任何思念人的音信，内心是失望无助的。

全词充满哀伤色彩，可以用"伤心"二字概括全词情感。

**【飞花解语】**

"湘天风雨破寒初，深沉庭院虚"可对"天"字令、"风"字令、"雨"字令。

"衡阳犹有雁传书，郴阳和雁无"可对"无"字令。


# 夜饮东坡醒复醉,归来仿佛三更

"夜饮东坡醒复醉,归来仿佛三更"出自苏轼的《临江仙·夜归临皋》。第一句写出了饮酒地点、时间，"仿佛"二字写出了作者醉眼迷离之感，"醒复醉""仿佛"传神刻画了作者畅快饮酒的形象。这首词表达了作者旷达却又伤感的心境。

# 临江仙①·夜归临皋

苏 轼

夜饮东坡②醒复醉，归来仿佛三更。家童鼻息已雷鸣。敲门都不应，倚杖听江声。

长恨此身非我有，何时忘却营营③？夜阑风静縠纹④平。小舟从此逝，江海寄余生。

## 【注释】

①临江仙：唐教坊曲名，后用作词牌，又名谢新恩、雁后归、画屏春等。格律俱为平韵格，为双调小令，字数有52字、54字、58字、59字、60字、62字六种。此调11体，此词属双调、60字变体。

②东坡：原为临江的一片荒地，苏轼谪贬黄州的次年，筑室于此，作为游息之所。

③营营：为功名利禄而忙乱。

④縠（hú）纹：水纹如绉纱。

## 【译文】

晚上我在东坡醒了又喝醉，归来仿佛到三更时分。家童已睡熟，鼻鼾声如雷鸣，敲门都不应，只好一人拄着拐杖去听江声。

可叹自己不自由，什么时候能忘记为功名利禄而钻营？夜深风静，江面上荡起细波，我驾着小舟离去，到那江河湖海中度过余生。

## 【赏析】

这首词上片写醉酒归来的情景，下片写酒醒之后的感慨。

上片"夜饮东坡醒复醉"刻画了作者沉醉在酒中，酒醒后依旧不断地喝酒。"醒复醉"写出了他的豪迈之情。"归来仿佛三更"写出最后一次酒醒后的时间大概是三更时分，一个"仿佛"写出了作者酒醒朦胧之感。结尾三句写出了主人公喝酒回家后，因家童睡得正熟，并没有听到他的敲门声，无奈，他只能到江边听江声。此处彰显了他的真性情、旷达情怀。

　　下片"长恨此身非我有，何时忘却营营"，此为词的枢纽部分，是作者内心的呼唤。"夜阑风静縠纹平"，主人公看着眼前静谧的场景，内心是放松的，此刻他被自然所感化，他想要解脱自己，所以才会有结尾三句，他想要将自己的生命交给这自由、无拘束的自然。

　　全词表现了作者希望摒弃官场险恶，追求自由、无拘束的生活。

### 【飞花解语】

　　"家童鼻息已雷鸣。敲门都不应，倚杖听江声"可对"江"字令。

　　"夜阑风静縠纹平。小舟从此逝，江海寄余生"可对"夜"字令、"风"字令。

雨

"欲黄昏，雨打梨花深闭门。""雨后轻寒犹未放，春愁酒病成惆怅。"在词人笔下，绵绵细雨总是和离愁别绪联系在一起。然而，在对"雨"字令时，人们却有另一番感受，端起面前的酒杯，看着在细雨中摇曳的草木，口中说的是"数峰清苦，商略黄昏雨"，心中感受到的却是与知己共饮的快乐。

## 红杏开时,一霎清明雨

"红杏开时,一霎清明雨"出自冯延巳的《蝶恋花》。写出了清明雨突降，打落了院中的杏花。"一霎"写出了这场雨的猝不及防。整首词作者从写景入手，以写人终止，词中的情景保持高度统一，用意婉转。

### 蝶恋花
#### 冯延巳

六曲阑干偎碧树，杨柳风轻，展尽黄金缕①。谁把钿筝②移玉柱？穿帘海燕③双飞去。

满眼游丝兼落絮，红杏开时，一霎清明雨。浓睡觉来莺乱语，惊残好梦无寻处。

【注释】

①黄金缕：指嫩柳条。

②钿筝：筝上装饰有罗钿。

③海燕：即梁上做巢的紫燕。

【译文】

六曲栏杆依靠着绿树，微风吹着杨柳，摆动的嫩绿杨柳如同金缕。是谁在弹奏美妙的筝曲？双燕穿帘而去。

袅袅游丝，柳絮纷飞，红杏开花，清明时节，突然下了一场小雨。沉睡之际，被莺啼惊醒，好梦再难寻觅。

【赏析】

这首词抒发了春日闲情，上片写迎春，下片写送春。

上片开头三句写出了庭院中的春景，一个"偎"字写出了自然之和谐，侧面写出了作者愉悦的心情。结尾两句中的筝声打破了庭院中的寂静，惊扰了栖息的海燕，令其纷纷飞走。整个上片都在描写景，但是不难读出闺中人的孤独，"双飞"反衬了主人公的形单影只。

下片开头三句依旧是刻画景物，"满"字写出她的无聊之感，"游丝""落絮"是常用的春愁意象。结尾两句写到本在沉睡，却被莺啼声扰乱，惊扰好梦。一个"乱"字写出了她的心绪。

整首词都是根据春的特征展开刻画，看似写景，实则写情。上片中的"海燕双飞"是全词感情转折的基点，它触动了主人公的伤感。全词以景开始，以情终结。

【飞花解语】

"六曲阑干偎碧树，杨柳风轻，展尽黄金缕"可对"风"字令。

"浓睡觉来莺乱语，惊残好梦无寻处"可对"无"字令。

# 墙头丹杏雨余花，门外绿杨风后絮

"墙头丹杏雨余花，门外绿杨风后絮"出自晏几道的《木兰花》，此两句从户外情景入手，写了杏花、柳絮。整首词抑扬顿挫，勾勒美好画面，以婉转方式抒发情感，给人留有很大的想象空间。

## 木兰花
### 晏几道

秋千院落重帘暮，彩笔闲来题绣户①。墙头丹杏雨余花，门外绿杨风后絮。

朝云②信断知何处。应作襄王春梦去。紫骝③认得旧游踪，嘶过画桥东畔路。

## 【注释】

①绣户：雕绘华美的门户，多指女子居处。

②朝云：此指恋爱中的女子。

③紫骝：骏马名。

## 【译文】

院中秋千摇曳，帘幕低垂，闲时拿笔在华丽的门上题诗。墙里的美人如同出墙红杏雨后花，门外游子如同柳絮随风飞舞。

音信中断，如轻云飘过，不知她在哪里？做个襄王觅神女的美梦，让我寻她去。紫骝马还认识昔日游玩的路迹，嘶鸣着跑过了画桥东边路。

## 【赏析】

这是一首故地重游、怀人之作。

上片"秋千院落重帘暮"营造一种空寂氛围，而"彩笔闲来题绣户"表明，正是无聊，才会有在大门上题诗之举。结尾两句刻画作者所见情景，出墙杏、柳树、白絮等美好的景物，勾起作者的美好回忆，他将杏花想象成昔日美人，将柳絮看成是行踪不定的自己。

下片第二句采用典故，表达了作者对美人的怀念。结尾两句作者掉转笔头，开始写自己，他骑着骏马，奔上画桥东，因以前经常游玩，所以连马儿都认识了道路。"认得""嘶"写出了马儿都懂得情意，更何况是人？

整首词以含蓄语言言情，结尾处给读者留下充分的想象空间。

**【飞花解语】**

"朝云信断知何处。应作襄王春梦去"可对"云"字令、"春"字令。

# 去年紫陌青门，今宵雨魄云魂

"去年紫陌青门，今宵雨魄云魂"出自赵令畤的《清平乐》。今昔对比，形成鲜明反差，写出了作者的断肠之情。同时，"雨魄云魂"也写出了作者的心境。这首词上片笔调欢快，下片笔调沉闷。

## 清平乐
### 赵令畤

春风依旧，着意隋堤柳①。搓得鹅儿黄②欲就，天气清明时候。
去年紫陌③青门④，今宵雨魄云魂⑤。断送一生憔悴，只消几个黄昏。

## 【注释】

①隋堤柳：指隋炀帝时在运河堤岸所植的杨柳。

②鹅儿黄：又称"鹅黄"，形容初生的柳蕊或指代柳枝。

③紫陌：指京城内的街道。

④青门：长安城的东南门是青色，故称青门。此处指京城的城门。

⑤雨魄云魂：人的离去如雨收云散。

## 【译文】

春风和往常一样，关心隋堤上的杨柳，它如同柔软的双手，将柳枝搓绿，此时正好是清明时节。

去年我们一同在京城大路上，城门外的隋堤上游玩，今夜如同雨收云消般分散。想要让我一生憔悴伤心，只要再多出现几个像今天的夜晚。

## 【赏析】

这是首伤春怀人词，上片写了清明时节的情景，下片抒发情感。

上片"依旧"二字写出了春风如同昨日，柳条随风飘荡，昔日此景同于今日，而物是人非。"搓得鹅儿黄欲就"生动地写出了柳条变绿情形。

下片"去年紫陌青门，今宵雨魄云魂"一个"去年""今宵"采用对比，写出昔日甜蜜，而今日落魄，形成极大反差，营造断肠之感。结尾两句作者采用夸张手法，写出了自己的内心备受折磨。

## 【飞花解语】

"春风依旧，着意隋堤柳"可对"春"字令、"风"字令。

# 欲黄昏，雨打梨花深闭门

    "欲黄昏，雨打梨花深闭门"出自李重元的《忆王孙·春词》。黄昏时候，天空降雨，击打着梨花，这样的情景令心中本就苦闷的主人公更加伤愁。整首词字很少，却很重视神韵，以芳草、烟柳等常见意象表达离愁别绪，令意境更加深远。

## 忆王孙①·春词
### 李重元

    萋萋芳草忆王孙，柳外楼高空断魂，杜宇②声声不忍闻。欲黄昏，雨打梨花深闭门。

**【注释】**

    ①忆王孙：词牌名，又称忆君王、豆叶黄等。此调三体，此词为单调、31字正体。全首韵脚属第六部平声"文""元"通韵。

    ②杜宇：又名杜鹃、子规。人云鸣声似"不如归去"。

**【译文】**

    茂密青草让我想起了久去不归的游子，杨柳树外高楼伫立，终日伤神，杜鹃声凄凉得不忍听闻。黄昏将至，雨水打落梨花，庭院门紧闭。

**【赏析】**

    本首词描绘了一个少妇思念丈夫的情形。

    "柳外楼高空断魂"刻画了一个少妇登上高楼远眺，希望看到丈夫回归，"断魂"看出她等来的都是失望，奠定了本首词的悲凉基调。"杜宇声声不忍闻"，用杜鹃声进一步写出了思念亲人的凄切。结尾两句表面在写雨水拍打梨花，其实是在写伤愁。"深闭门"给人以无限想

象，不知道闺中人神态、心情是怎么样的。

这首词层层递进，结尾处的"深闭门"给人一种此处无声胜有声的感觉。

## 【飞花解语】

"欲黄昏，雨打梨花深闭门"可对"花"字令。

# 数峰清苦，商略黄昏雨

"数峰清苦，商略黄昏雨"出自姜夔的《点绛唇·丁未冬过吴松作》。"数""苦"营造一种凄凉的氛围，"商略"以拟人手法叙写。整首词自然天成，篇幅虽短，但情意绵绵。词中有无限感慨，皆在虚处，给读者带来朦胧美感。

## 点绛唇<sup>①</sup>·丁未冬过吴松作
### 姜　夔

燕雁无心，太湖西畔随云去。数峰清苦，商略<sup>②</sup>黄昏雨。
第四桥<sup>③</sup>边，拟共天随<sup>④</sup>住。今何许？凭阑怀古，残柳参差<sup>⑤</sup>舞。

## 【注释】

①点绛唇：词牌名，亦称南浦月、点樱桃等。此调三体，此词属双调、41字正体。全词韵脚属第四部"语""御""遇"仄声上、去通押。

②商略：商量、酝酿。

③第四桥：即吴松城外的甘泉桥。

④天随：晚唐文学家陆龟蒙，字鲁望，自号"天随子"。

⑤参差：形容柳条长短不一。

北来的大雁很从容，在太湖西畔随云翻飞。远处的山峰在黄昏下略显凄苦，好像在商量是否要下雨。

甘泉桥边，我想随着陆龟蒙放浪江湖，如今像陆龟蒙一样的人在哪里？倚靠栏杆怀古，只见残柳杂乱地随风摇曳。

【赏析】

这首词是作者访友归途所作，上片写自然景致，下片写怀古之感。

上片"燕雁无心"写出了燕雁随时节往返，暗指漂泊人生。"随云去"也是为了突出"无心"。"数峰清苦，商略黄昏雨"，数峰清苦，仿佛商量着一场春雨的到来。作者在这里采用了拟人手法，以"数峰"形象写出了众多的愁苦。

下片开头两句，作者将自己和古人做比拟，打破时间界限。"今何许"这是充满哲学意味的反思，其重点是在一个"今"字。结尾两句，作者刻画了倚靠栏杆、望着柳枝飘荡的情景。虽然已是"残柳"但作者却用了"舞"字，此处有深层次含义，暗指南宋虽衰败，但并不甘心灭亡。

整首词从虚入手，将身世、家国融为一体，上升到了哲理高度，让人读后若有所思。

【飞花解语】

"燕雁无心，太湖西畔随云去"可对"无"字令、"云"字令。

"第四桥边，拟共天随住"可对"天"字令。

# 山林云水

　　古人对大山的感情极为复杂，他们爱山的巍峨高大、雄伟磅礴，却又恨大山阻隔了自己的视野，让自己离故乡、朋友越来越远。比如：欧阳修曾写过"平芜尽处是春山，行人更在春山外"，柳永曾叹道"海阔山遥，未知何处是潇湘"。然而不论人们对大山拥有怎样的感情，大山依旧不会改变，它永远会默默注视着在山间小亭中行"山"字令的人们。


# 斜阳独倚西楼，遥山恰对帘钩


　　"斜阳独倚西楼，遥山恰对帘钩"出自晏殊的《清平乐》。这句话描绘出一幅凄凉场景，"独""遥山"等字眼都体现了作者内心的孤独，委婉细腻地表达了作者的情感。


## 清平乐①

### 晏　殊

红笺②小字，说尽平生意③。鸿雁④在云鱼在水，惆怅⑤此情难寄。

斜阳⑥独倚西楼，遥山恰对帘钩。人面⑦不知何处，绿波依旧东流。


【注释】

①清平乐：因汉乐府有清乐、平乐的乐调而命名。

②红笺：彩色的纸片、条，便于写信或写诗词。

③平生意：这里指代两人平生相爱之意。

④鸿雁：是书信的代称，由于古代通信落后，常会让候鸟传递书信。

⑤惆怅：伤感之意，重在强调一种不知所措的感觉。

⑥斜阳：指傍晚的太阳。

⑦人面：出自崔护《题都城南庄》"人面不知何处去，桃花依旧笑春风"。

## 【译文】

精美的信纸上写满了小字，述说了我对你平生爱慕情谊。鸿雁飞翔在白云中，鱼儿畅游在水中，唯独心中的惆怅不知如何传达。

夕阳西下，我倚靠着西楼，远处的山峰正好对着窗上帘钩。美丽的人儿不知去了哪儿，唯独清水绿波依然流向东方。

## 【赏析】

词中通过写景来描写自己浓浓的惆怅。

上片"红笺小字，说尽平生意"，在精美的信纸上，写满的小字渗透着作者浓浓的相思之情。随后的"鸿雁在云鱼在水，惆怅此情难寄"，不难看出，当作者写满自己的情思之后，却没有办法将信传递出去，可见作者内心的苦闷。整体来讲，作者在上片以抒情为主。

下片"斜阳独倚西楼，遥山恰对帘钩"，作者将抒情向写景过渡，这句话点明了时间、地点、人物，刻画了凄凉的场景。"遥山恰对帘钩"，山峰隔断了离人的音信，让主人公更加惆怅。结尾两句借用了崔护《题都城南庄》中的诗句"人面不知何处去，桃花依旧笑春风"，再次表达了自己的相思之情。

## 【飞花解语】

"鸿雁在云鱼在水，惆怅此情难寄"可对"云"字令、"水"字令、"情"字令。

"人面不知何处，绿波依旧东流"可对"人"字令。

# 平芜尽处是春山，行人更在春山外

"平芜尽处是春山，行人更在春山外"，此句出自欧阳修的《踏莎行》，它展现了一个荒芜的原野，透露了主人公想要跨越春山，去山的那边寻找思念之人的想法。全词有强烈的美感。

## 踏莎行
### 欧阳修

候馆①梅残，溪桥柳细，草熏②风暖摇征辔③。离愁渐远渐无穷，迢迢不断如春水。

寸寸柔肠④，盈盈⑤粉泪⑥，楼高莫近危阑⑦倚。平芜⑧尽处是春山，行人更在春山外。

【注释】

①候馆：迎接宾客的馆舍。《周礼·地官·遗人》："五十里有市，市有候馆。"

②草熏：小草散发的味道。熏，气味袭来。

③征辔（pèi）：行人坐骑的缰绳。辔，缰绳。

④寸寸柔肠：形容内心的愁苦。

⑤盈盈：指泪水在眼眶中打转。

⑥粉泪：泪水流到抹了粉底的脸上。

⑦危阑：指高楼上的围栏。

⑧平芜：平坦且一望无际的草地。芜，草地。

## 【译文】

客舍前面的梅花已经凋谢了，溪桥边长出了新的细柳，小草散发的味道随暖风袭来，游子摇着马的缰绳去往远方。我们之间的距离越来越远，我的离愁越来越多，像那迢迢不断的春水。

内心愁苦，不由得落下泪来，你不要再倚靠在高楼的栏杆处眺望远方了。平坦的草地一望无际，它的尽头是重重春山，而行人还在春山的那一头。

## 【赏析】

这首词是欧阳修的代表作，为描写离愁别绪的词。开头以对句形式表现，"候馆""溪桥"点明地点，"梅残""柳细"点明季节。"草熏风暖摇征辔"，将对春色的描写转化为对离愁的描写。"离愁渐远渐无穷，迢迢不断如春水"，从中能够读出来主人公并没有被眼前的春景所吸引，反而因离家越来越远，心中的伤感越来越浓烈。这种感情是抽象的，但是词人巧用"迢迢不断如春水"让读者感同身受地理解主人公的感受。

在上片中，作者描写春色及抒发旅人怀乡之情，形成强烈对比。在下片中，词人将自己的惆怅比喻成一望无际的草原，此刻他联想到在高楼上的思妇，想到自己和她有一样的愁绪。此刻的她必然也是一副愁容，伤心落泪。最后两句，"平芜尽处是春山"中的"春山"说明了在高楼中的思妇努力让自己看得更远，但视线是有限的，而想象是无限的，她的思念越过了重山；同时，"行人更在春山外"表达了旅人思念着闺中人，写出两人的感情深厚。

本词开头写春色，展现了南方初春美景，后笔锋一转，折入到旅人离别的惆怅上。本词敢于联想，其实梅、柳、草都是实景虚用，在表现春天美景的同时，寄寓了旅人的离别之情，从各种角度表现离愁，耐人寻味。

　　整首词58个字，却能巧妙运用以乐写愁、实中写虚等艺术手法，将离愁描写得淋漓尽致，有巨大的艺术魅力，为后人广泛流传。

## 【飞花解语】

　　"离愁渐远渐无穷，迢迢不断如春水"可对"春"字令、"水"字令。

　　"平芜尽处是春山，行人更在春山外"可对"春"字令。

# 海阔山遥，未知何处是潇湘

　　"海阔山遥，未知何处是潇湘"出自柳永的《玉蝴蝶》，通过海的宽阔、山的遥远，来展现路途之遥远，作者和故人不知何时才能相遇，写出了诗人内心的彷徨。

## 玉蝴蝶①

### 柳　永

　　望处雨收云断，凭阑悄悄，目送秋光。晚景萧疏②，堪动宋玉③悲凉。水风轻、蘋花④渐老，月露冷、梧叶飘黄。遣情伤⑤。故人何在？烟水茫茫。

　　难忘。文期⑥酒会，几孤⑦风月，屡变星霜⑧。海阔山遥，未知何处是潇湘⑨。念双燕、难凭远信，指暮天⑩、空⑪识归航。黯相望。断鸿⑫声里，立尽斜阳⑬。

## 【注释】

　　①玉蝴蝶：词牌名，又称为玉蝴蝶慢。双调，99字，也叫作99字体。

②萧疏：表示萧条的意思。

③宋玉：楚国诗人屈原弟子宋玉，其《九辩》有"悲哉！秋之为气也"。

④蘋（pín）花：夏秋时节开的一种小白花。

⑤遣情伤：让人伤感。

⑥文期：古代文人赋诗的聚会。

⑦辜：辜负的意思。

⑧星霜：比喻年岁改易。

⑨潇湘：原指湖南潇湘二水，后指思念之人所在地。

⑩暮天：傍晚的时候。

⑪空：白白地。

⑫断鸿：孤雁。

⑬立尽斜阳：傍晚时分在太阳下立了很久。

**【译文】**

　　我悄悄地倚着栏杆眺望着远方，看着停歇的雨、散去的云，目送秋色消失在天边。傍晚景色萧条，不禁让人发出宋玉的悲秋感慨。清风拂过水面，小白花渐渐凋零；凉月使露水凝住，梧桐叶也感受到了寒冷，叶子变黄随风飘落。这样的情景不禁让人伤感，我的故人你们在哪？眼前只有茫茫秋水。

　　难以忘记，文人赋诗饮酒聚会的场景，离别后辜负了多少的风月，斗转星移，天各一方。海和山如此遥远，不知你我什么时候才能相遇？看着双双飞来的燕子，难以靠它来传递音信；期盼故人能够归来，指着天边，识别着归来的航船，但都不是故人的船。我默默伫立，黯然相望，只听到孤雁的鸣叫。我一个人孤零零站在夕阳下，直到夕阳落山。

**【赏析】**

　　本词以抒情为主，将写景和叙事融合、时间和空间融合，有很强的艺术感染力。

上片"望处雨收云断"描写了眼前的情景，此景是秋之景，"凭阑悄悄"侧面描写了主人公独自眺望的忧愁，之后的"目送秋光"也能体现出这样的情感。"晚景萧疏，堪动宋玉悲凉"，总体囊括了上文表达的思绪。"水风轻、蘋花渐老，月露冷、梧叶飘黄"两句细写了当下场景，"轻""冷"写出了秋季给人的感受，"飘黄"烘托了气氛。作者很好地捕捉了水、风、蘋花等事物，以"轻""老"等字眼勾勒出一幅孤寂的秋景图，为下文抒情做好铺垫。

下片中"难忘"，引人进入回忆中，词人回忆起和故人昔日饮酒写诗的情景，并表示至今难以忘怀。"几孤风月，屡变星霜"表达了词人和故人离别之后，忽视了身边的良辰美景，同时"几孤""屡变"加强了词人离别后的惆怅。"海阔山遥，未知何处是潇湘"及时将词人从回忆当中拉回现实。"指暮天、空识归航"将词人对故人的思念生动刻画，一个"空"字将词人对故人的心情写得淋漓尽致，同时将词人的情感推向了顶点。"黯相望。断鸿声里，立尽斜阳"，词人以孤雁的鸣叫声展现出自己的孤独情绪，而"立尽斜阳"描写了主人公伫立在夕阳下，沉浸在自己的思绪中的情景。

这首词生动传达了词人的感情变化，平中见奇，雅俗共赏。

**【飞花解语】**

"水风轻、蘋花渐老"可对"水"字令、"花"字令。

"文期酒会，几孤风月"可对"酒"字令、"月"字令。

# 斜月半窗还少睡，画屏闲展吴山翠

"斜月半窗还少睡，画屏闲展吴山翠"出自晏几道的《蝶恋花》，通过描写斜月、半窗、画屏等景物，将人的视线从室外引入室内，使读者的视线更加清晰。同时，"半窗""画屏"等字眼描写出主人公久久不能入睡的场景，也体现了主人公的伤感。

## 蝶恋花
### 晏几道

醉别西楼①醒不记，春梦秋云②，聚散真容易。斜月半窗还少睡③，画屏闲展吴山④翠。

衣上酒痕诗里字，点点行行，总是凄凉意。红烛自怜无好计，夜寒空替人垂泪。

【注释】

①西楼：泛指欢宴的地方。

②春梦秋云：比喻聚散无常。

③少睡：无法入睡。

④吴山：指画屏当中的画。

【译文】

喝醉酒离开西楼，醒来却什么都不记得了，好比春梦秋云，聚聚散散太常见。半开着窗，看着斜月，我没有一点睡意，画屏中出现了吴山的碧翠。

衣服上有喝过酒的痕迹，总是能想起聚会时赋诗的情景，心中难免感到凄凉。红烛有点同情我，但没有办法消除我心中的凄凉，只能在寒夜中白白为我流下伤心泪。

晏几道的词多是言情，常以伤感情绪作为基调，而这首词不仅以伤感情绪打动人，还给人以美感。

上片开头回忆醉别一事，实是泛指前欢旧梦，"春梦秋云"抒发了聚散不定的伤感之情，还以这些美好事物象征情事，令人遐想。"聚散真容易"，对聚散更加感慨。"斜月半窗还少睡，画屏闲展吴山翠"，笔锋转向了眼前的情景，真实地传达了主人公的心境，"闲"字从侧面反映了他的郁闷情绪。

下片中"衣上酒痕"承上片中的"醉别"，这些看似回忆昔日场景，却发散出无限凄凉之意。上片中提到"醒不记"，但从"衣上酒痕诗里字"触发了他对昔日的记忆，点明词人在夜晚不得入睡的缘由。结尾两句更加渲染了整首词的凄凉感，作者将"红烛"拟人化，将熔化的烛水，看作它因同情词人而落下的泪。

这首词看似是为离别而写，实际上，作者更多的是在怀念过去流逝的美好时光。语境情深意长，满是惆怅。此外，词人用红烛为惜别落泪，衬托自己的悲凉心境，结构新颖，耐人寻味。

**【飞花解语】**

"衣上酒痕诗里字"可对"酒"字令。

"红烛自怜无好计，夜寒空替人垂泪"可对"夜"字令。

"春梦秋云，聚散真容易"可对"春"字令。

# 关山魂梦长，鱼雁音尘少

"关山魂梦长，鱼雁音尘少"此句出自晏几道的《生查子》，这句话写词人跋山涉水来到关山后，对家人思念悠长，怎奈路途遥远，想回都回不去。此句是这首词中的名句，字里行间都渗透着词人的思乡之情。

# 生查子
## 晏几道

关山<sup>①</sup>魂梦长，鱼雁<sup>②</sup>音尘少。两鬓可怜<sup>③</sup>青，只为相思老。
归梦碧纱窗<sup>④</sup>，说与人人<sup>⑤</sup>道。真个<sup>⑥</sup>别离难，不似相逢好。

**【注释】**

①关山：泛指关隘和山川。

②鱼雁：指书信。

③可怜：怜爱之意。

④碧纱窗：装有绿色纱的窗。

⑤人人：也称为人儿，对亲近人的称呼。

⑥真个：真正的意思。

**【译文】**

关山常让我魂牵梦萦，身在遥远的塞外家里很难寄来书信。可怜两鬓青丝，因日日思念而变白了。

进入梦乡，回到熟悉的绿色纱窗旁，和心爱的人儿说："那离别真是让人难过，哪有团聚一起度过美好时光好啊。"

**【赏析】**

上片直抒远离家乡的离愁别绪，"关山魂梦长，鱼雁音尘少"不难看出词人身在关山，心中寂寞无助，思念家人，无奈路途遥远。同时，"关山"也点明了词人不得归去的缘故，所以词人接下来埋怨关山太长，暗指自己的思念情深，后面又抱怨送音信的鸿雁使者太少，不能将家里的书信给自己带来，让自己整日沉浸在思念当中。"两鬓可怜青，只为相思老"，前半句中"青"字可点明词人正当年，而后半句是词人对自己的感慨：如此美好的年华，难道要在每日相思当中慢慢变老吗？虽然这样的说辞有些夸张，但很感人。

下片借助梦境，表达词人对家乡的思念。虽然词人想要回到家乡，但在现实中他不可能做到，所以这样的心愿只能借助梦境实现。开头"归梦"点明词人已进入梦乡，接下来描写的都是词人在梦中的言行。在碧纱窗旁看到自己心爱的人，他向思念之人倾诉着："离别真让人愁苦，不如这相聚美好。"虽然这是词人借助梦乡的喃喃低语，但这是词人内心的真实写照，这也是本词的一大特色。

作者在字里行间表露出对家人的思念之情。整首词通过白描，将词人的心绪表达得淋漓尽致。

**【飞花解语】**

"归梦碧纱窗，说与人人道"可对"人"字令。

# 山抹微云，天粘衰草，画角声断谯门

"山抹微云，天粘衰草，画角声断谯门"此句出自秦观的《满庭芳》，一个"抹"字别有一番意味，此句不仅雅俗共赏，还是本首词最出彩的地方。此句勾勒出一幅美景，前八字渗透出词人的情怀。

## 满庭芳①
### 秦 观

山抹微云，天粘衰草，画角②声断谯门③。暂停征棹④，聊共引离尊⑤。多少蓬莱旧事⑥，空回首、烟霭⑦纷纷。斜阳外，寒鸦万点，流水绕孤村。

销魂⑧。当此际，香囊⑨暗解，罗带⑩轻分。谩⑪赢得、青楼⑫薄幸⑬名存。此去何时见也？襟袖上、空惹啼痕。伤情处，高城望断⑭，灯火已黄昏。

## 【注释】

①满庭芳：词牌名，亦称锁阳台、满庭霜等。双调95字，前片四平韵，后片五平韵。

②画角：古代军中乐器，形似竹筒，端小尾粗，外加彩绘，故称"画角"，其声悲凉高亢。

③谯门：古代城门上的高楼，为眺望敌人之用。

④征棹（zhào）：征帆，远行的船。

⑤引离尊：离别时，连续举杯相嘱。引，牵引的意思。尊，酒杯。

⑥蓬莱旧事：男女爱情的往事。

⑦烟霭（ǎi）：指云雾。

⑧销魂：指极度悲伤的神情。

⑨香囊：古代男子身上佩戴的袋子，也作为赠物。

⑩罗带：丝织的带子，当时，男女以罗带结作为爱的象征，即"同心结"。

⑪谩（màn）：徒然。

⑫青楼：歌女、舞女居住的地方。

⑬薄幸：指代寡义的薄情郎。

⑭高城望断：出自欧阳詹《初发太原，途中寄太原所思》："高城已不见，况复城中人？"

## 【译文】

会稽山上，天上的云朵像是画上去的一般，城外的衰草连成一片，闻听城楼上传来的断断续续号角声。北归的客船暂时停驻，和歌女舞女共同举杯饮酒，谈及离别话题。回首当年男女往事，此时已化作云雾散去。夕阳之下，天空中有万点寒鸦，一股流水萦绕着孤独的村庄。

当情绪极度悲伤之时，解下了衣服上的香囊，缓缓解开罗带。只留得青楼薄情寡义的名声而已。这一去，不知什么时候才能相见，衣襟上沾满了不忍离别的泪水。正是悲伤之时，城已经看不见了，而万家灯火亮了，天色已经黄昏。

## 【赏析】

这首《满庭芳》是秦观最杰出的词作之一。"山抹微云，天粘衰草"是工整的对句，"抹"字写出了新意。词人的另一名句"林梢一抹青如画，知是淮流转处山"，此中的"抹"是写林中之山痕，而本词中的"抹"是写山间的云。这样的写作手法营造了诗中有画，画中有诗的意境。

上片"山抹微云，天粘衰草"，这句话为读者勾勒出一片暮霭苍茫、暮冬惨淡情景。"画角"点明了时间，古人在傍晚时分在城楼吹号角。"暂停征棹，聊共引离尊"写出了饯别情景。"多少蓬莱旧事，空回首、烟霭纷纷"回顾了前尘往事。斜阳、寒鸦、流水、孤村，更是烘托了词人的凄凉心境。

下片中"销魂"写出分手时候的恍惚神情，而"青楼""薄幸"出自"杜郎俊赏"的典故，此为不得于时的身世之感。"襟袖""啼痕"写出了离别之伤感。结尾的"望断"两字点破主题，"灯火已黄昏"承接"烟霭纷纷"，细致刻画了时间的流逝，留恋不舍之意尽在其中。

## 【飞花解语】

"寒鸦万点，流水绕孤村"可对"水"字令。

"伤情处，高城望断，灯火已黄昏"可对"情"字令。

在山间徐行时，若友人提议行"林"字令，你的脑海中会出现什么样的句子？是贺铸的"烟络横林，山沉远照"，还是晏殊的"居人匹马映林嘶，行人去棹依波转"？若你有苏轼的豪迈，不妨对一句"莫听穿林打叶声，何妨吟啸且徐行"。

# 居人匹马映林嘶，行人去棹依波转

"居人匹马映林嘶，行人去棹依波转"出自晏殊的《踏莎行》。"棹"是划桨的船。词人刻画马嘶、棹转，从侧面衬托离别情意至深，整首词情景逼真，令读者感同身受。

## 踏莎行
### 晏　殊

祖席①离歌，长亭②别宴。香尘③已隔犹回面。居人匹马映林嘶，行人去棹④依波转。

画阁魂消，高楼目断。斜阳只送平波远。无穷无尽是离愁，天涯地角寻思遍。

**【注释】**

①祖席：饯别设酒。

②长亭：驿站，也指送别的地方。

③香尘：花落到地面上，土也带有了香气，因称香尘。

④去棹：离开的船。

**【译文】**

饯别的酒会上唱起了离别的歌，长亭中的酒筵结束，香尘阻隔了视线，但离别之人仍在不断回头。送行人的马在林中不断嘶叫，而那离人的船已经随江波远去。

画阁上我黯然销魂，在高楼上不断眺望，只看到斜阳下的无尽江波。人世间的离愁是无尽的，我想要飞到天涯海角寻找他。

**【赏析】**

这首词是写送别之情和相思之情。上片中写送别的场景，而下片写出了离别后的相思之情。

上片中"离歌""别宴"皆属送别场景，多次使用只为强化送别场景。"长亭"点明了送别的地点，"香尘"写出了回首氛围，"回面"可以看出离别双方心中的不舍。"居人匹马映林嘶，行人去棹依波转"，作者分别从送者和行者两个角度描写，形成对比，烘托当时离别的凄凉情景。马儿仿佛看出了送者的思绪，用长嘶表示不舍。而行人已经随着船只远去，用马嘶、棹转衬托双方感情深厚。

下片中写到"居人"独倚高楼，心中寂寥，眺望远方，看着那无边无际的江流，离别之情越发浓郁。词中的"只送"言简意赅，意味深长。最后两句中，读者能够看出词人在此次离别后，对再次相见的期待。

整首词细致刻画了饯别及别后的思念，让读者如身临其境，真切体会到作者的心情。

"居人匹马映林嘶，行人去棹依波转"可对"人"字令。

"无穷无尽是离愁，天涯地角寻思遍"可对"天"字令、"地"字令。

# 烟敛寒林簇，画屏展

"烟敛寒林簇，画屏展"出自柳永的《迷神引》。看到寒林锦簇，作者以屏中之"画"做比拟。整首词用优美画屏衬托了游子的孤寂之情。作者采用素描手法表达形象，给人以身临其境的感受。

## 迷神引①

### 柳 永

一叶扁舟轻帆卷，暂泊②楚江南岸。孤城暮角③，引④胡笳⑤怨。水茫茫，平沙雁，旋⑥惊散。烟敛⑦寒林簇⑧，画屏展。天际遥山小，黛眉浅⑨。

旧赏⑩轻抛，到此成游宦⑪。觉客程劳⑫，年光晚。异乡风物，忍萧索、当愁眼。帝城赊，秦楼阻⑬，旅魂乱⑭。芳草⑮连空阔，残照满。佳人无消息，断云⑯远。

【注释】

①迷神引：词牌名，此调二体，属于双调。

②泊：停泊。

③角：画角，古代军中乐器，其声低沉。

④引：乐曲体裁之一，有"序曲"的意思。

⑤胡笳：古代北方少数民族吹的一种乐器，其声凄凉。

⑥旋：很快地。

⑦敛：收起，散尽。

⑧簇：丛聚。

⑨黛眉浅：常将山比作女子的眉毛。黛眉，女子的眉毛。浅，颜色浅淡。

⑩旧赏：昔日愉悦之事。

⑪游宦：在外地做小官。

⑫劳：身体困乏。

⑬秦楼阻：爱慕的人被阻隔在很远的地方。秦楼，指妓馆或思念爱慕的女子所在地。

⑭旅魂乱：在官场上奔波，心情烦乱不安。魂，情绪。

⑮芳草：芳春时节的杂花野草。

⑯断云：片云。

**【译文】**

一叶小舟上轻帆舒卷，暂停在楚江南岸。孤城中响起了号角声，伴有阵阵哀怨的胡笳曲。江水茫茫，沙滩上栖息着的大雁，很快就被全部惊飞。雾霭像烟一般笼罩在山林之间，秋景如同画屏一般呈现在眼前。遥远天边的山是那样的渺小，像美人的眉毛一样浅淡。

轻易离开了心上人，来到这里成了小官。旅程劳苦，时间流逝，感觉自己又变老了。看着异乡的风景，一片萧索，眼中增添了一些忧愁。京城还很遥远，思念的人儿被阻隔在遥远的那头，在官场上奔波让我心烦意乱。杂花野草连成一片，蜿蜒伸向天边，夕阳照射着大地。心上人没有任何消息，像风吹走的云一样一去不返。

**【赏析】**

柳永入仕后担任地方判官等职务，时常辗转在各地，并不得志，而

《迷神引》是他入仕之后所写的羁旅行役之词。这是他50岁的真实心态写照，深刻反映了他的矛盾心理。

上片开头点明词人经过楚江，并停留在岸边休息。"暂泊"表明天色将晚，暂且止宿，从"帆卷""暂泊"都能读出词人行旅中的疲惫之意。随后，作者通过铺叙方式对楚江进行描写刻画。"孤城暮角，引胡笳怨"借助孤城、黄昏的号角、笳声等意象勾勒出旅人的黯然心情。同时，"暮角"与"胡笳"奠定了全词的忧愁基调。"水茫茫，平沙雁，旋惊散。烟敛寒林簇"描绘了一幅天然画屏，烘托了游子落寞的思绪，以眼前的情景入手，让人感同身受。

下片写出了对官场的感慨，"旧赏""游宦"两者不得兼顾，为了"游宦"不得不抛弃"旧赏"。"帝城""秦楼"都是词人昔日浪漫生活的代表。"芳草连空阔，残照满"，在抒情的同时，作者还插入了写景句子，让词更加生动，同时暗喻了遥远阻隔之意。"佳人无消息，断云远"，承上"秦楼阻"，"佳人"也是"秦楼"中的人，因各种原因，相思的人没有消息。

## 【飞花解语】

"水茫茫，平沙雁，旋惊散"可对"水"字令。

"天际遥山小，黛眉浅"可对"天"字令、"山"字令。

"佳人无消息，断云远"可对"人"字令、"云"字令。

# 莫听穿林打叶声，何妨吟啸且徐行

"莫听穿林打叶声，何妨吟啸且徐行"出自苏轼的《定风波》。前句写出暴风骤雨，后句是前句的延伸。"何妨"二字使用活泼，这两句是词的枢纽，全篇围绕它们叙写。整首词表达了作者的豁达胸怀，寄托人生感悟。

# 定风波①
## 苏　轼

莫听穿林打叶声，何妨吟啸②且徐行。竹杖芒鞋③轻胜马，谁怕？一蓑烟雨④任平生。

料峭⑤春风吹酒醒，微冷，山头斜照⑥却相迎。回首向来萧瑟处⑦，归去，也无风雨也无晴。

**【注释】**

①定风波：唐教坊曲名，后用作词牌，为双调小令，又名定风波令、卷春空、醉琼枝等。格律以62字，上片五句三平韵、二仄韵，下片六句四仄韵、二平韵，即欧阳炯所作格律为正体，另有七种变体。此词属62字双调正体。

②吟啸：放声吟咏。

③芒鞋：指代草鞋。

④一蓑烟雨：披着蓑衣，冒着风雨。一蓑（suō），蓑衣，雨披。

⑤料峭：形容寒冷。

⑥斜照：偏西的阳光。

⑦萧瑟处：指代先前经历风吹雨打的地方。

**【译文】**

不用太在意那大雨击打着树叶的声音，不如放声吟咏慢慢向前走。竹子做的拐杖和草鞋的轻捷不比那骑马差，有什么可怕的？身穿蓑衣冒着风雨，任凭风吹雨打，我照样过一生。

寒冷的春风把我的酒意吹醒了，我觉得有些冷，山头偏西的阳光过来迎接我。回头看着遇到风雨的地方，回去吧，我无所谓晴天和雨天。

## 【赏析】

这首词是词人在公元1082年所作，当时苏轼因"乌台诗案"被贬黄州。那时，他和友人春游，突如其来的雨让众多友人不知所措，而词人并没有被这场雨影响，反而吟咏自若，漫步前行。

虽然人生是飘忽不定的，但是这首词却让我们对人生有了一番新的理解。生活中偶遇风雨，但是词人能以泰然自若的情怀面对，展现出旷达心境，以及超凡脱俗的人生情怀。

"莫听穿林打叶声"渲染了雨势很大，而"莫听"两字表现了词人此时心境并没有被打扰。"谁怕"强化了"徐行"，"何妨"用调皮的语调点缀全词。"竹杖芒鞋轻胜马"，写出词人面对人生坎坷的积极态度，"轻胜马"彰显出敢于搏击、笑对人生的豁达。"一蓑烟雨任平生"强化作者对待人生挫折无所畏惧的情怀。

"料峭春风吹酒醒，微冷，山头斜照却相迎"描写了雨过天晴的情景，和上片中的风雨形成对比，同时为下文抒情做铺垫。"回首向来萧瑟处，归去，也无风雨也无晴"，此句包含了人生哲理，抒发了作者经历过这次风雨天气之后，心中有了一番新领悟：人生中风雨阴晴不定，更何况是在官场当中呢？

## 【飞花解语】

"一蓑烟雨任平生"可对"雨"字令。

"料峭春风吹酒醒，微冷，山头斜照却相迎"可对"春"字令、"风"字令、"山"字令。

"归去，也无风雨也无晴"可对"风"字令、"雨"字令。

# 林断山明竹隐墙，乱蝉衰草小池塘

　　"林断山明竹隐墙，乱蝉衰草小池塘"出自苏轼的《鹧鸪天》，这两句是写景，镜头由远及近，描述了自己所居住的地方。两句不长，但却包容了林、山、竹、墙、蝉、草、池塘七处景象，可谓句中之"大"景。

## 鹧鸪天
### 苏　轼

　　林断山明①竹隐墙，乱蝉衰草小池塘。翻空②白鸟时时见，照水红蕖③细细香。

　　村舍外，古城④旁，杖藜⑤徐步转斜阳。殷勤⑥昨夜三更雨，又得浮生⑦一日凉。

**【注释】**

　　①林断山明：树林间断处，山峰才显出。

　　②翻空：飞翔在空中。

　　③红蕖（qú）：荷花。

　　④古城：指黄州古城。

　　⑤杖藜：拄着藜杖。藜，一种草本植物。

　　⑥殷勤：多亏、劳驾。

　　⑦浮生：指代短暂的人生。

**【译文】**

　　树林稀疏的地方可以看到高山，丛生的翠竹隐藏着屋舍，衰草长满了池塘边，伴有混乱的蝉叫声。空中不时飞过白色小鸟，水中的荷花传来淡淡的香味。

村舍外，黄州古城旁，我拄着藜杖慢慢行走，不多时已经夕阳西下了。多亏昨夜三更时分下了一场雨，才能让我在这短暂的人生中享受着一日的清凉。

## 【赏析】

作者苏轼经历了仕途挫折之后，棱角已被磨平，对于人生抱有随遇而安的想法。本词作于公元1083年，上片重在写景，下片刻画人物内心活动。

"林断山明竹隐墙，乱蝉衰草小池塘"描写了当时的环境：远处的树林、高山，近处的池塘、院舍。"竹隐墙"也是词人居住的地方，"乱蝉""衰草"能够体现出词人心中的烦躁之情。短短两句，词人却刻画了七处景物，这样的情形在古诗词中是不常见的。这是作者被贬黄州后，心中苦闷而作，所以看到的景物都是荒凉的。

"翻空白鸟时时见，照水红蕖细细香"，意境优美，这样的场景是修身养性的乐土，隐约能从中读出词人自我安慰、无可奈何的心情。

"村舍外，古城旁，杖藜徐步转斜阳"描写了在村舍外，作者拄着拐杖在村庄慢行的情景。这给读者营造出一幅画面，给人以遐想空间。细读玩味，读者定然能了解其中的奥妙。

"殷勤昨夜三更雨，又得浮生一日凉"是全篇的点睛之笔，表面是感谢上天降雨，让人享受清凉一天。其实细读"殷勤"就能发现别样含义，作者仕途频繁受挫，认为只有上天才能记起自己。"又得浮生一日凉"中的"又"突出显示作者日复一日消极度日的情绪，同时"浮生"是一种消极人生哲学。这首词刻画了一个不得志的隐士形象。

## 【飞花解语】

"翻空白鸟时时见，照水红蕖细细香"可对"鸟"字令、"水"字令、"香"字令。

"殷勤昨夜三更雨，又得浮生一日凉"可对"雨"字令。

# 烟络横林，山沉远照

"烟络横林，山沉远照"出自贺铸的《天香》，这句话写出了词人旅途中的所见所闻，"络""沉"是句中字眼，用字新颖，引人入胜。"烟""横""林"三字皆平，生脆响，如果换作上声字，就会弱化语句所表达的意境。

## 天香①

### 贺　铸

烟络横林，山沉远照，逦迤②黄昏钟鼓。烛映帘栊③，蛩④催机杼⑤，共苦清秋风露⑥。不眠思妇，齐应和、几声砧杵⑦。惊动天涯倦宦⑧，骎骎⑨岁华行暮。

当年酒枉⑩自负。谓东君⑪，以春相付。流浪征骖⑫北道，客樯⑬南浦⑭。幽恨⑮无人晤语。赖明月、曾知旧游处。好伴云来，还将⑯梦去。

### 【注释】

①天香：词牌名，又名伴云来、楼下柳。此调八体，双调，96字正体。

②逦迤（lǐ yǐ）：延续之意。

③帘栊：帘子和窗棂。

④蛩（qióng）：蟋蟀。

⑤机杼：织布机，此处指纺织。

⑥风露：凉风和露水，多刻画秋色。

⑦砧杵：捣衣具。砧，垫石。

⑧天涯倦宦：倦于在异乡做官或求仕。

⑨骎骎（qīn qīn）：马儿奔跑的样子，此处指时间流逝飞快。

⑩酒枉：也作"酒狂"，出自《汉书·盖宽饶传》，盖自语曰：

120

"我乃酒狂。"

⑪东君：管理春天的神仙。

⑫征骖（cān）：远行的马。骖，一车所驾三马。

⑬客樯：指代客船。

⑭南浦：此处泛指水滨。

⑮幽恨：藏于心中的怨恨。

⑯将：带，送。

## 【译文】

烟雾笼罩在树林当中，落日沉入远山，黄昏当中，钟鼓声延绵不绝。烛光映照在帘子、窗棂上，蟋蟀仿佛催促着纺织，每个人都怨恨着清秋的风露。睡不着的思妇，伴着风声传来了声声捣衣声。这声音惊动了羁旅之人，时间过得真快，已经到了岁暮时分。

想当初我以酒狂而自负，以为是管理春天的神仙把美景交给众人。想不到终年骑马流浪在北道，乘客船离开南浦，心中的幽怨无人能听。依赖明月，才知道旧时到哪游玩。幸好明月见过我们相聚，请它化作彩云将伊人带到我的梦中，之后，再将她送回去。

## 【赏析】

《天香》抒发了作者羁旅落寞、怀人之情。

"烟络横林，山沉远照，迤逦黄昏钟鼓"给读者勾勒出一幅美景，但开阔中带有凄凉。"络""沉""迤逦"是关键字。"烛映帘栊，蛩催机杼，共苦清秋风露"继续描叙眼前场景和听到的声音，将远景移到客舍当中。同时，时间从"黄昏"到"烛映帘栊"。"烛""蛩"两个意象营造了伤别和悲秋意境，但"共苦"并非指代这两个意象，而是指它们和我一起愁苦。词人看着眼前的情景，不由触动心中的愁苦。

"不眠思妇，齐应和、几声砧杵"，作者听到了思妇的捣衣声，这让本就难以入眠的他更加思念心中的人儿。紧接着作者扭转笔锋写道

121

"惊动天涯倦宦，骎骎岁华行暮"，侧面表现作者惊叹时光流逝。

"幽恨无人晤语"写出了作者在羁旅中的孤寂，心中的伤悲没人倾诉。最后的"好伴云来，还将梦去"直接表达自己的相思之情，以明月寄托心中的感情，希望得到精神上的慰藉。

## 【飞花解语】

"烛映帘栊，蛩催机杼，共苦清秋风露"可对"风"字令。

"惊动天涯倦宦，骎骎岁华行暮"可对"天"字令。

"当年酒枉自负。谓东君，以春相付"可对"春"字令。

"赖明月、曾知旧游处"可对"月"字令。

"好伴云来，还将梦去"可对"云"字令、"梦"字令。

对某些词人来说，天空中漂泊无依的云朵似乎就是自己的化身，如柳永就曾写过"归云一去无踪迹，何处是前期"。在行"云"字令时，对一句"那回归去，荡云雪、孤舟夜发"或"记出塞、黄云堆雪"后，你是否能更深刻地体会到词人的心情？

## 归云一去无踪迹，何处是前期

"归云一去无踪迹，何处是前期"出自柳永的《少年游》，这句话是对流逝事物不可复返的比喻。

### 少年游①

#### 柳 永

长安古道②马迟迟③，高柳乱蝉嘶。夕阳岛④外，秋风原上，目断四天垂⑤。

归云⑥一去无踪迹，何处是前期？狎兴⑦生疏，酒徒⑧萧索，不似少年时。

【注释】

①少年游：词牌名，又名小阑干、玉腊梅枝。双调50字至52字，

123

平韵。

②长安古道：指汴京城中的大路。

③马迟迟：马车缓慢行驶的情形。

④岛：河流当中的洲岛。

⑤四天垂：天的四周夜幕降临。

⑥归云：飘逝的云彩。此处指过往事情不能重现。

⑦狎兴：游乐的兴味。狎，有亲昵而轻佻之感。

⑧酒徒：酒友。

## 【译文】

在汴京城中的大路上马车缓缓行驶，高高的柳树上传来鸣蝉乱叫声。夕阳照射到河流当中的洲岛上，秋风吹在平原上，看着四周已经夜幕降临。

飘走的云彩不见踪迹，昔日的期待在哪里？游玩兴致已然凋零，昔日的酒友也没有几个了，我已经不再是少年的样子。

## 【赏析】

这首词描写的是秋景，整首词弥漫着萧瑟、凄凉的氛围，这是词人晚年所作。开头的"长安"不仅是写实，更重要的是"长安"被诗人看作对名利的追逐。而通过"马迟迟"可见，他在"长安"路上若有所思，"古道"流露出作者对过往之事早已灰心，今古沧桑对比后感慨万千。

紧随着"乱蝉嘶"体现了秋季之萧瑟，"乱"字点明了作者的心境。"高柳"表明蝉所在地，以"高"衬托了"柳"的稀疏。"夕阳岛外，秋风原上，目断四天垂"写出了郊外秋景，"岛"字写出了郊外的寂寥无垠，"目断四天垂"也是写郊外一望无际，一片空旷。总而言之，上片以描述景象为主。

下片从回忆入手，一句"归云一去无踪迹"概括了世间变化无常，写出了作者心中对往事的留恋。"何处是前期"中的"期"寄托了作者心中

的愿望，"前期"有两种含义，一种是昔日志向的期待，另一种是与昔日旧爱相见的日期。而对于柳永来讲，这两种期望都已落空。"狎兴生疏，酒徒萧索，不似少年时"，从这三句话中，读者不难看出作者的悲凉之情，"不似少年时"，写出作者已经步入老年，故抒发伤今感昔之叹。

整首词虚实结合，体现了柳永极高的艺术才华。但他的生活家境和所处时代，就注定了他的悲剧人生，他后天的用世之意和先天禀赋才能也相互冲突。早年他在失意时会借酒消愁，但此法并非解决问题的根本方法，年老后的他志向、情感都落空。

**【飞花解语】**

"夕阳岛外，秋风原上，目断四天垂"可对"秋"字令、"风"字令、"天"字令。

"狎兴生疏，酒徒萧索，不似少年时"可对"酒"字令。

# 脉脉花疏天淡，云来去，数枝雪

"脉脉花疏天淡，云来去，数枝雪"出自范成大的《霜天晓角·梅》，这句话营造出一种疏淡氛围。"脉脉"刻画了梅花的姿态，"花疏"点明了春天刚到不久，突出了春之"早"，"天淡"指明了梅花所处的环境，是静态描写，而"云来去"是动态，动静结合，让画面更加恬淡。

### 霜天晓角①·梅
#### 范成大

晚晴风歇，一夜春威折②。脉脉③花疏天淡，云来去，数枝雪。
胜绝④，愁亦绝，此情谁共说？唯有两行低雁，知人倚，画楼月。

①霜天晓角：词牌名，亦称月当窗等。双调43字或44字，有仄韵、平韵两体。

②春威折：春寒锐减。春威，"倒春寒"。

③脉脉：含情脉脉的样子。

④胜绝：景色极美。

【译文】

傍晚天晴了，风停了，一夜春寒锐减。几枝寒梅含情脉脉地伫立在风中，浮云飘动，梅花如同白雪。

这景色绝美，但人的忧愁也是无穷尽的。看着眼前的美景，我心中的惆怅该向谁诉说？唯独两行低飞的大雁，知道我独自倚靠是因思念佳人。

【赏析】

这首词主要从"梅"入手，写出作者的惆怅思绪，上片写景美不胜收，下片写愁连绵不断。

上片"晚晴风歇，一夜春威折"写出了天气变好，"折"字生动刻画了春寒锐减。"脉脉花疏天淡"让人感到寒梅饱含情谊，就连天空都是深情的样子。"数枝雪"描写梅花稀疏，让景物生动地呈现在眼前，让读者如临其境。

下片中"胜绝"承接上片，饱含对风景的赞美之情，而"愁亦绝"中的"绝"营造景美人更愁的意境，此处的"不一致"，正是词人独具匠心之处。写景和言情实质是一回事，通过景美衬托出主人公心中的孤寂。表面看似矛盾，但实际是统一的。最后三句，意在通过写景衬托人物心情。从意境上来说，上片中淡淡的云、稀疏的梅和孤独的主人公形成和谐的画面，将主人公心中的怀人之感具化。以淡景寄托浓愁、美景衬托孤寂，这样的手法耐人寻味。

"晚晴风歇,一夜春威折"可对"风"字令、"夜"字令、"春"字令。

"唯有两行低雁,知人倚,画楼月"可对"人"字令、"月"字令。

# 记出塞、黄云堆雪

"记出塞、黄云堆雪"出自辛弃疾的《贺新郎·赋琵琶》,此处笔锋一转,从写个人遭遇,扭转到写国家大事,"黄云堆雪"写了当时的场景,黄云如同白雪一样,给人以开阔之感。

## 贺新郎<sup>①</sup>·赋琵琶

### 辛弃疾

凤尾<sup>②</sup>龙香拨<sup>③</sup>。自开元<sup>④</sup>、《霓裳》曲罢,几番风月?最苦浔阳江头客<sup>⑤</sup>,画舸亭亭待发。记出塞、黄云堆雪。马上离愁三万里,望昭阳宫殿孤鸿<sup>⑥</sup>没。弦解语,恨难说。

辽阳<sup>⑦</sup>驿使音尘绝。琐窗寒、轻拢慢捻<sup>⑧</sup>,泪珠盈睫。推手含情还却手,一抹《梁州》<sup>⑨</sup>哀彻。千古事、云飞烟灭。贺老<sup>⑩</sup>定场无消息,想沉香亭北繁华歇。弹到此,为呜咽。

【注释】

①贺新郎:词牌名,又名金缕曲、贺新凉等。双调116字,仄韵。

②凤尾:凤尾琴。

③拨:弹拨。

④开元:为唐玄宗李隆基的年号。

⑤客：诗客，诗人。

⑥孤鸿：孤单的鸿雁。

⑦辽阳：此泛指北方。

⑧琐窗：雕花或花格的窗户；轻拢慢捻：演奏琵琶的指法。

⑨《梁州》：曲名，即《凉州》，为唐代凉州一带的乐曲。

⑩贺老：指贺怀智，唐开元天宝年间善弹琵琶者。

## 【译文】

凤尾琴板刻着凤尾，龙香柏木制成弹拨。开元年间，《霓裳》乐曲是如此风行，但一切都是过眼云烟。最不幸运的是浔阳江头的诗人，画船等着出发。回想王昭君出塞时，天上的黄云像是雪一般白茫茫。当我离开故乡三万多里时，看着远处的昭阳宫殿，只见孤单的鸿雁在天空飞着。琴弦懂得人间情谊，但却难向世人诉说。

去往北方的征人，很久都没有音信。雕花的窗户寒冷，美人慢慢拨弄琴弦，表达内心疾苦，泪水沾湿了睫毛。她有高超的琴艺，将《梁州》曲演奏得淋漓尽致。千古事，都灰飞烟灭。贺老出来压场演奏琵琶的事情再也没有了，沉香亭北昔日繁华不复存在。当音乐弹到此处，心中不免悲痛万分。

## 【赏析】

全词以弹琵琶为线索，实是谈国家兴亡。

上片中的"凤尾龙香拨"指代杨贵妃曾怀抱着的琵琶，它指代一个特殊时期。作者暗指北宋时期的歌舞繁华时代，而"《霓裳》曲罢"标志着国运衰落的开始。以唐指宋，直奔主题，引人入胜。"最苦浔阳江头客，画舸亭亭待发"，笔锋转入叙事，交代地点，"最苦"可见作者感同身受。"记出塞、黄云堆雪"由写己转入写国事。

下片中"辽阳驿使"从回顾往事到回归现实，作者怀念北方故土，联想到妇人思念杳无音信的征人的情景。妇人心中的愁苦，借助琵琶宣泄，

但愁思甚浓。"哀彻"表达了悲凉氛围，"云飞烟灭"写出繁华不再。

尾声和开端相呼应，强调盛景已经是过去时，贺老是弹琴高手，而如今"凤尾龙香拨"的琵琶已经没有主人，所以作者在结尾"弹到此，为呜咽"，感慨国仇家恨。

全词手法新颖，文中列举了不少相关典故，典故中的人物和作者内心、生活经历类似，抒情气氛浓烈。乍看全词不过是写琵琶相关的典故，细致推敲，就能发现词人的良苦用心。

**【飞花解语】**

"最苦浔阳江头客，画舸亭亭待发"可对"江"字令。

"千古事、云飞烟灭"可对"云"字令。


# 那回归去，荡云雪、孤舟夜发

"那回归去，荡云雪、孤舟夜发"出自姜夔的《庆宫春》。作者开始回忆往事，为读者营造了一幅雪景图。整首词思想超俗，勾勒的都是一些意境开阔的情景，可见作者心境开阔，性格豪迈。

## 庆宫春①
### 姜 夔

双桨莼②波，一蓑松雨，暮愁渐满空阔。呼我盟鸥，翩翩欲下，背人还过木末③。那回归去，荡云雪、孤舟夜发。伤心重见，依约眉山，黛痕低压。

采香径里春寒，老子④婆娑，自歌谁答？垂虹西望，飘然引去⑤，此兴平生难遏。酒醒波远，正凝想、明珰素袜。如今安在？唯有阑干，伴人一霎。

**【注释】**

①庆宫春：词牌名，又名庆春宫。此词属双调，102字。

②莼：莼菜。

③木末：树梢。

④老子：老夫的意思。

⑤引去：引退的意思。

**【译文】**

　　双桨划过长有莼菜的水面，整个蓑衣上都淋上了松林雨水，暮霭生愁渐渐充满空阔的天地。我呼唤鸥鸟，希望和它结盟，它翩翩飞舞想要降落，却又背着人转身掠过树梢而去。那次返回吴兴，拨开云雾寒雪，乘着孤舟半夜启程。伤心往事今又重见，像眉毛一样细长的山，低压着双眸含情脉脉地看着游人。

　　驾驶小舟进入采香小溪中，那里正好是初春，阵阵寒意，老夫我婆娑起舞，独自歌唱谁能回应？在垂虹桥头向西望去，孤舟带着我远行，这是平生难以遏制的豪情。酒醒之时，小舟已随波而行，我正在凝神思念，她佩戴明珠，脚穿素袜。如今她在哪里？只有眺望的栏杆，在这时陪伴我。

**【赏析】**

　　这首词是写景纪游之词，整首词蕴含着怀古等多重内容，而最妙之处是其将众多内容融为一体，意蕴十足。

　　上片主要是描写景色，开头给人以开阔画面：小舟游荡漂浮在莼菜水面中，风中夹带着小雨，暮霭飘散在天空中，让人心中忧愁。"莼波""松雨""暮愁"用词新颖，融情入境。"渐"字体现了时间的推移，"空阔"给全词奠定了开阔意境。紧接着后三句写出了湖面情景，由于词人故地重游，他将那里的海鸥称为"盟鸥"，而"那回归去"三句转入到五年前雪夜乘舟情景，而"伤心重见"三句，让作者感慨

130

万千，他将远处的青山看作美人的眉毛，从中表达了作者怀念故人的情绪，情感细腻跌宕，耐人寻味。

下片描述了小舟经过采香小溪的所见所闻所感。"老子婆娑，自歌谁答"对照上片中的"那回归去"，当时婢女可以听自己吹箫，如今只有作者独自歌舞，无人聆听。"垂虹西望，飘然引去，此兴平生难遏"，当小船抵达垂虹桥时，作者以酒御寒，回顾烟波十四桥的情景。"酒醒波远"时心中愁绪涌上心头，"明珰素袜"指代佳人。这样的叙述巧妙地将怀古、思念之情融合在一起，让人浮想翩翩。"如今安在？唯有阑干，伴人一霎"指出了今非昔比，从回忆回归现实，张弛有度，余味不尽。

**【飞花解语】**

"双桨莼波，一蓑松雨"可对"雨"字令。

"伤心重见，依约眉山，黛痕低压"可对"山"字令。

# 少年自负凌云笔。到而今、春华落尽

"少年自负凌云笔。到而今、春华落尽"出自刘克庄的《贺新郎·九日》。此两句是对上片的整体概括，同时今夕做对比。全词化用典故，抒发了作者忧国忧民却无能为力之感，凄凉基调贯穿始终。

## 贺新郎·九日①
### 刘克庄

湛湛②长空黑，更那堪、斜风细雨，乱愁如织。老眼平生空四海③，赖有高楼百尺④。看浩荡、千崖秋色，白发书生神州泪，尽凄凉、不向牛山⑤滴。追往事，去无迹。

少年自负凌云笔。到而今、春华⑥落尽，满怀萧瑟。常恨世人新意少，爱说南朝狂客⑦。把破帽、年年拈出。若对黄花孤负⑧酒，怕黄花、也笑人岑寂。鸿北去，日西匿。

**【注释】**

①九日：指农历九月初九重阳节。

②湛（zhàn）湛：深远的样子。

③空四海：望尽五湖四海。

④高楼百尺：指爱国志士登临之所。

⑤牛山：在山东临淄南。

⑥春华：春天的花朵，此处指文采。

⑦南朝狂客：指孟嘉。晋孟嘉为桓温参军，尝于重阳节共登龙山，风吹帽落而不觉。

⑧孤负：同辜负。

**【译文】**

阴沉的天气，天空黑压压一片，斜风细雨交织在一起。看着此景，我的愁思如同乱麻。我平生喜欢站在高处眺望四方，幸好现在还能在百尺高楼上眺望远方。放眼望去，看着四海秋色，我心中满怀博大情谊。我看似普通白发书生，但行行热泪都为神州大地而流，说不尽的凄凉。我决不会像登入牛山的故人一般，因叹息短暂生命而落泪。回忆往事，一切灰飞烟灭。

年少的我，风华正茂，自以为身负凌云健笔，事到如今，才华如同繁花凋零，只留下萧条寂寞思绪。我常常埋怨世人没有太多的新意，喜欢说南朝文人旧事。每当重阳，常会提起孟嘉落帽的事情。如果对着菊花不饮酒，害怕菊花也会嘲笑自己的孤寂。看见鸿雁向北飞去，夕阳向西面渐渐沉去。

132

**【赏析】**

这首词是写重阳的词，上片写"风雨"之愁，下片写对"世人"之恨。

上片"湛湛长空黑，更那堪、斜风细雨，乱愁如织"，通过写风雨场景，侧面烘托了词人忧国忧民之情。满天的乌云，让词人心乱如麻，"乱愁如织"是全词主旨。登高是重阳节活动之一，而登高之时却遭遇如此恶劣天气，词人只能登上高楼眺望远处。"白发"四句表达了"老眼"登楼之感，"神舟泪"写词人忆往事而伤心难过。

下片中"少年"三句承接上片"老眼平生"，词人追溯了年少时具备抱负和才华的自己。而"到而今、春华落尽，满怀萧瑟"，事到如今年少不复存在，侧面写出家国之恨。"常恨世人"写出词人恨世间文人雅士不顾国家兴亡，只想效法魏晋名士，在重阳登高时节，称颂孟嘉落帽之事。而"若对黄花孤负酒，怕黄花、也笑人岑寂"，笔锋扭转，说自己也借酒浇愁，感慨又到重阳节，却物是人非。"鸿北去，日西匿"写出鸿雁归去，夕阳落下，不知国运何时才能复兴。

全词情景交融，以"白发书生神州泪"统筹全词，令人遐想。

**【飞花解语】**

"少年自负凌云笔。到而今、春华落尽"可对"春"字令。

"若对黄花孤负酒，怕黄花、也笑人岑寂"可对"花"字令、"酒"字令、"人"字令。

在飞花令中，"水"字令出现的频率较高，这是因为在古人的作品中，人们经常能看到"水"的身影。比如晏几道的"一棹碧涛春水路，过尽晓莺啼处"，辛弃疾的"易水萧萧西风冷，满座衣冠似雪"等。因此，行"水"字令时，人们总能对上好几个来回。你若想取得最后的胜利，就要多了解几首关于"水"的作品。

## 一棹碧涛春水路，过尽晓莺啼处

"一棹碧涛春水路，过尽晓莺啼处"出自晏几道的《清平乐》。此句刻画了动人的春景，江中碧波、莺叫声，这些景物并没有透露出一丝伤愁。本首词刻画了一位多情女子，展现了她的微妙心理。

### 清平乐①

晏几道

留人不住，醉解兰舟去。一棹碧涛春水路，过尽晓莺啼处。

渡头杨柳青青，枝枝叶叶离情。此后锦书休寄，画楼②云雨③无凭。

**【注释】**

①清平乐：词牌名，此调三体，双调46字正体。

②画楼：华丽的屋舍，指代女子所居。

③云雨：指男女的欢合。

## 【译文】

想留的人留不住，他醉酒后乘着兰舟离去了。一只小船拨开碧波，行驶在春江上，经过之处都会听到黄鹂鸣叫声。

渡口上杨柳青青，枝叶中却透出离愁别绪。别过之后不要再寄书信，曾经的欢情像梦一般，消失无踪影。

## 【赏析】

这首词写一个女子送别情人时的离愁别绪，上片写情人离开时的场景，下片写情人离开后，自己的相思之情。

这首词运用了对比手法，如"留人不住"和"醉解兰舟去"，一人挽留，另一人毅然离去，由此可见一人情深、一人意浅。上片结尾二句描写目送情人离开的场景，"一棹碧涛"，这是女子的不舍之情。"渡头杨柳青青，枝枝叶叶离情"用白描手法写出两人在渡口分手的种种情态。"此后锦书休寄，画楼云雨无凭"是女子爱恨交织的负气话，从前面"留人""莺啼""离情"都能看出女子心中的不舍，此处以负气之话收尾，其实是一种反语暗示。由于当时妓女地位低下，没有追求爱情的权利，即便有心爱的男子，也难长聚不散。总之，最后两句以怨写爱，恰到好处地表达了女子不忍割舍却又不得不离开的矛盾心理。

## 【飞花解语】

"留人不住，醉解兰舟去"可对"人"字令。

"此后锦书休寄，画楼云雨无凭"可对"云"字令、"雨"字令。

# 舞困榆钱自落，秋千外、绿水桥平

　　"舞困榆钱自落，秋千外、绿水桥平"出自秦观的《满庭芳》。"舞困"写出了榆枝的婀娜，"秋千"写出了女子多娇。而从"舞困榆钱"到"绿水桥平"，作者的视线也从园中转向了园外。

## 满庭芳①
### 秦　观

　　晓色云开，春随人意，骤雨才过还晴。古台芳榭，飞燕蹴②红英。舞困榆钱③自落，秋千外、绿水桥平。东风里，朱门映柳，低按小秦筝。

　　多情，行乐处，珠钿翠盖④，玉辔红缨⑤。渐酒空金榼，花困蓬瀛⑥。豆蔻梢头旧恨，十年梦、屈指堪惊。凭阑久，疏烟淡日，寂寞下芜城⑦。

**【注释】**

①满庭芳：全词属双调、95字晏词正体。

②蹴（cù）：踢。

③榆钱：春天时榆树初生的榆荚，形状似铜钱而小，甜嫩可食，俗称榆钱。

④珠钿翠盖：形容装饰华丽的车子。珠钿，指车上装饰有珠宝和嵌金。翠盖，指车盖上缀有翠羽。

⑤玉辔红缨：形容马匹装扮华贵。玉辔，用玉装饰的马缰绳。红缨，红色穗子。

⑥蓬瀛：传说中的海上仙山蓬莱、瀛洲。此指饮酒所在。

⑦芜城：即广陵城，今扬州。因南朝宋文学家鲍照作《芜城赋》讽咏扬州城的废毁荒芜，后世遂以芜城代指扬州。

## 【译文】

拂晓云雾散开，好春光让人尽兴，骤雨过后天气变晴朗。古老亭台，华丽的水榭，飞燕穿花踩落了片片红英。榆钱像是跳舞跳累了一般自行飘落，秋千摇荡的院墙外，绿水漫涨与桥平。春风中，藏着垂柳的红色门内，传出低低弹奏小秦筝器乐声。

回想昔日情人，邀请我去行乐的场景。她乘着装饰华丽的香车，我骑着装扮华贵的骏马。金杯中的美酒渐渐喝完，如同美人厌倦了仙境。豆蔻年华的少女，曾经和我有多少离愁别恨，十年像是一场梦，屈指算来令人心惊。倚靠在栏杆处久久眺望，看到稀疏的烟气、昏暗的落日，都寂寞地沉入了扬州城。

## 【赏析】

这首词是词人居住在扬州时所作，词中写恋情，又写了身世之感，暗喻官场失意。

秦观的词多以长调书写柔情，这首词写了春游芜城，全词细腻、情深意长。本词的基调从欢悦转入忧郁，词人心情也随着时间及环境的改变而发生改变。

上片"晓色云开，春随人意，骤雨才过还晴"描写了春天的清晨，雨过天晴，一切是那么美好，让人随心所欲，奠定了本词明朗的基调。紧接着写人眼中的春色：苍凉台榭在五彩缤纷的春天也是那样生机盎然，飞燕不时碰到花树，花树落下花瓣，榆钱飘落。作者予以"舞困自落"，能读出词人的欢快心情。"东风里"三句，从写景转入写人。朱门内绿柳掩映着少女，她弹奏着秦筝，令朱门外的人浮想联翩。

下片写出了昔日行乐及当前寂寥情形。"多情"承接了上片中的游乐场景，词人以简洁词语刻画了春游乐趣。"珠钿翠盖，玉辔红缨"，华丽的马车、马匹，可以看出当时出游盛况。古时，女子出游会乘车，男子则骑马。词人用马车、马匹渲染了出游气氛，让读者想象男女出行游乐场景。"豆蔻梢头旧恨，十年梦、屈指堪惊"笔锋扭转，写出上述盛景都是前尘往事，"堪惊"用以点明词人已回归现实，不免生出淡淡忧愁、忧思。最后三句刻画了词人当前的情景，看着眼前凄凉情景，词人伤感人如孤阳，情景交融。

整首词构思巧妙、用词精练、景随情变、情景交融，达到了良好的艺术效果。

**【飞花解语】**

"晓色云开，春随人意，骤雨才过还晴"可对"云"字令、"春"字令、"人"字令。

"渐酒空金榼，花困蓬瀛"可对"酒"字令、"花"字令。

# 叶下斜阳照水，卷轻浪、沉沉千里

"叶下斜阳照水，卷轻浪、沉沉千里"出自周邦彦的《夜游宫》。描写了眼中所见之情景，刻画了一幅水流画面。"斜阳照水"写主人公期盼女子傍晚归来，"沉沉千里"指思念远方的人儿。整首词以望穿秋水开始，以寄书萧娘终止。

## 夜游宫①
### 周邦彦

叶下②斜阳照水，卷轻浪、沉沉③千里。桥上酸风射眸子。立多时，看黄昏，灯火市。

古屋寒窗底④，听几片、井桐飞坠。不恋单衾再三起。有谁知，为萧娘⑤，书一纸。

**【注释】**

①夜游宫：词牌名，《清真集》入"般涉调"。双调57字，前后片各四仄韵。

②叶下：叶落。

③沉沉：形容流水不断的样子。

④寒窗底：寒窗里。

⑤萧娘：唐代对女子的泛称，此指词人的情侣。唐杨巨源《崔娘诗》："风流才子多春思，肠断萧娘一纸书。"

**【译文】**

叶子飘落，斜阳照射在水面上，江水翻滚着细细的浪花，流水不断涌向千里之外。桥上寒风刺眼，我伫立了很久，眼看黄昏到来，街市上灯火四起。

在陈旧房子中，我睡在寒窗下，听到井边几片梧桐叶从树上坠落的声响。我不贪恋这床薄被，多次下床。有谁能知道，我辗转反侧，只因她的一封书信。

**【赏析】**

这首词抒发了秋日怀人之情，上片写桥头眺望，下片写回屋后窗下写信。

上片词人以景入手，"叶下斜阳照水，卷轻浪、沉沉千里"给读者刻画了一幅水流画面。在夕阳照射的江面上，看着浪花不断打来，给人以宽阔、凄美之感。同时，词人点明时间、地点。"桥上酸风射眸子"点明主人公站在小桥上，"酸""射"贴切地形容了秋风，很有新意。正是因为秋风刺眼，所以令人伤神。尽管这样，主人公还是"立多时，看黄昏，灯火市"，主人公为什么要这样做？他并没做过多解释。

下片中"古屋寒窗底，听几片、井桐飞坠"，词人刻画了破屋外的梧桐落叶声，词人能够听得见落叶声，可见此处寂静，竟能听到如此细微的声音。"不恋单衾再三起"中的"再三"强化了主人公再三起床，即便天寒都不能阻拦自己。结尾中的"有谁知，为萧娘，书一纸"很好地解释了主人公前面所做的一切，原来他所有的哀愁都是源自萧娘的一封信。这首词构思巧妙，在结尾才将谜底揭晓，前面都在为后面做铺垫，引人入胜。

**【飞花解语】**

"桥上酸风射眸子。立多时，看黄昏，灯火市"可对"风"字令。

# 问燕子来时，绿水桥边路

"问燕子来时，绿水桥边路"出自袁去华的《安公子》。他想要借问燕子是否见到自己的意中人，但燕子哪会知道呢？整首词多处用到了设问，耐人寻味。

## 安公子①
### 袁去华

弱柳丝千缕，嫩黄匀遍②鸦啼处。寒入罗衣春尚浅，过一番风雨。问燕子来时，绿水桥边路，曾画楼、见个人人③否？料静掩云窗，尘满哀弦危柱。

庾信愁如许，为谁都着④眉端聚？独立东风弹泪眼，寄烟波东去。念永昼春闲，人倦如何度？闲傍枕、百啭黄鹂语。唤觉来厌厌，残照依然花坞。

**【注释】**

①安公子：唐教坊曲名，后用为词牌。此调六体，双调、106字变体。

②匀遍：涂遍。

③人人：所爱的人。

④着：向，趁。

## 【译文】

细柳条千丝万缕，到处都是鹅黄色，鸦雀处处啼叫。早春寒意阵阵，侵入衣服，刚刚又过去一阵风雨。我询问刚飞回的燕子：来时的绿水桥边，画楼处，是否看到了我心爱的人？我想她会和我一样，关上窗子，任凭灰尘落满琴弦。

我的愁容像那庾信，不知道为谁皱眉头，不得舒展。独自站立在春风中，落下眼泪，寄予这雾气迷蒙的江水向东流去。这昼长春闲的时光，疲倦的人不知该如何度过。靠着孤枕才有睡意，听着黄鹂动人鸣叫声。醒来后觉得很无聊，却看见夕阳依旧照在花房里。

## 【赏析】

这首词是为怀人而作，构思独特，从写春景入手，又以叙说自己结束。当主人公看到新柳之后，难免想到昔日和心上人离别折柳赠别的情景。

全词开头，以写景入手。"弱柳丝千缕，嫩黄匀遍鸦啼处。寒入罗衣春尚浅，过一番风雨"，看似写景，实则包含作者的浓烈情感，这句概括了全篇之意。"燕子来时"是春天到来之后的自然情景，而作者询问燕子在来时是否见到自己心爱的人儿，手法新颖。燕子来自南方，或许能够把作者的思绪带回南方家乡。"绿水桥边路"，作者想象心爱的人在绿水旁等着自己，暗指对方也在思念着自己。"料静掩云窗，尘满哀弦危柱"，直接写心爱之人对自己的思念。本来作者通过写词抒发自己对心上人的思念，但他却勾画出一个人在思念着自己的场面，这种写法很奇特。

下片开始从自己说起，"独立东风弹泪眼"由于作者此时站在水

141

边，而他曾经和心爱的人儿在"绿水桥边路"，这样的场景不禁让他落泪。"闲傍枕"说明作者不知如何解脱相思，只好听"黄鹂语"。在黄鹂鸣叫中，作者进入梦乡，不多时却被这黄鹂叫声唤醒，可见黄鹂声增加了作者的惆怅。"残照依然花坞"同样以景结尾，和开头"弱柳丝千缕，嫩黄匀遍鸦啼处"相呼应，整首词委婉曲折、用字生动。

## 【飞花解语】

"曾画楼、见个人人否"可对"人"字令。

"料静掩云窗，尘满哀弦危柱"可对"云"字令。

"唤觉来厌厌，残照依然花坞"可对"花"字令。

# 易水萧萧西风冷，满座衣冠似雪

"易水萧萧西风冷，满座衣冠似雪"出自辛弃疾的《贺新郎·别茂嘉十二弟》。"易水""西风"写出了英雄离境的慷慨，"衣冠似雪"写出了君臣饯行的诀别。整首词别开生面、感人至深，押韵使用恰到好处。

## 贺新郎·别茂嘉十二弟
### 辛弃疾

绿树听鹈鴂①，更那堪、鹧鸪②声住，杜鹃③声切。啼到春归无寻处，苦恨芳菲都歇。算未抵④、人间离别。马上琵琶关塞黑，更长门翠辇辞金阙。看燕燕，送归妾。

将军⑤百战身名裂。向河梁⑥、回头万里，故人长绝。易水萧萧西风冷，满座衣冠似雪。正壮士⑦、悲歌未彻⑧。啼鸟还知如许恨，料⑨不啼清泪长啼血。谁共我，醉明月？

142

## 【注释】

①鹈鴂：也名伯劳、伯赵。

②鹧鸪：鸟名，人们说这种鸟叫声似说"行不得也哥哥"。

③杜鹃：其声哀婉，如说"不如归去"。

④未抵：比不上。

⑤将军：指汉武帝时李陵。

⑥河梁：即河桥。

⑦壮士：指荆轲。

⑧未彻：没有结束。

⑨料：料想。

## 【译文】

听着绿树上的悲切的鹈鴂声，而鹧鸪鸟"行不得也哥哥"的啼叫刚停住，杜鹃就发出了"不如归去"的悲切叫声。一直鸣叫到春天归去，芳草枯萎，让人痛苦。算起来，这些都比不上人间的生离死别。汉代王昭君骑马弹琵琶，奔向关塞。陈阿娇退居长门别馆，坐着翠色宫辇离开金阙。春秋时卫国庄姜看着燕子双飞，远送归妾。

李陵身经百战，却兵败归降匈奴，最终身败名裂。在河桥送别苏武，回头眺望故国隔着万里之远，和故人永不得见面。荆轲冒着秋风，慷慨悲歌无尽无歇。啼鸟如果知道人间有如此多的怨恨，料想它不再悲啼清泪、而总是悲啼着鲜血。谁能和我一同饮酒，共赏明月？

## 【赏析】

这首词是作者为送别茂嘉十二弟而写。上片由啼鸟写到美人怨恨，下片从英雄离别写到啼鸟悲鸣。

上片"绿树听鹈鴂，更那堪、鹧鸪声住，杜鹃声切。啼到春归无寻处，苦恨芳菲都歇"，将兴与赋结合，虚实结合。同时，词中用了三种悲鸣鸟叫声，营造悲伤氛围，寄托了自身悲痛之情。"算未抵、人间离别"承上启下。词人将"鸣叫"和"离别"做比对，为下文"别恨"做铺垫。"马上琵琶关塞黑，更长门翠辇辞金阙"写了两件事，第一件事是王昭君嫁匈奴之事，另一件事是陈阿娇失宠后，幽闭长门宫之事。"看燕燕，送归妾"写到卫庄公之妻庄姜送别卫庄公妾之事。

下片"将军百战身名裂。向河梁、回头万里，故人长绝"引用另一典故，李陵抗击匈奴，最终投降匈奴而身败名裂，而其友人苏武抗击匈奴，被俘十九年都不肯屈服。"易水萧萧西风冷，满座衣冠似雪。正壮士、悲歌未彻"写了战国时燕太子丹在易水边送荆轲入秦行刺秦王政的故事。这些事情，都和国破家亡有关，表达了作者内心沉重之情。"啼鸟还知如许恨，料不啼清泪长啼血"，此处承上启下，为紧接着的送别做好铺垫，这两句让作者的思绪从往事中回归现实，让整首词别开生面。

**【飞花解语】**

"啼到春归无寻处，苦恨芳菲都歇"可对"春"字令。

"算未抵、人间离别"可对"人"字令。

# 堤上游人逐画船，拍堤春水四垂天

"堤上游人逐画船，拍堤春水四垂天"出自欧阳修的《浣溪沙》。此句写了河堤上游人游玩场景，放眼望春水、天空，仿佛水天相连，给人以广阔意境，让人读后回味无穷。

# 浣溪沙
## 欧阳修

堤上游人逐画船，拍堤春水四垂天①。绿杨楼外出秋千。

白发戴花君莫笑，《六幺》催拍盏频传。人生何处似尊②前？

**【注释】**

①四垂天：天幕仿佛从四面垂下，此处写湖上水天一色的情形。

②尊：同"樽"，古代的盛酒器具。

**【译文】**

河堤上赏春的人纷纷追逐湖中的画船，春水荡漾，不断拍打着堤岸，天幕四垂，水天一色。绿杨中掩映着小楼，传来荡秋千少年的笑声。

不要笑话头发花白的老翁还要戴花，我随着《六幺》琵琶曲调，频频交杯饮酒。人生如同对酒当歌！

**【赏析】**

这首词语言质朴，描写了春日舟上游西湖的所见所闻所感。上片描写了春景以及游人，下片写到作者在舟中宴饮，重在抒情。整首词意境开阔，别有风趣。

上片中"堤上游人逐画船"写赏春的情景，一个"逐"字生动刻画了游客如织的场景。"拍堤春水四垂天"也是词人所见景色，水天一色的情景，给人开阔意境。"绿杨楼外出秋千"写出景色中人物的活动，其中的"出"字用得恰到好处，突出了秋千及荡秋千之人，有画龙点睛的作用，让读者如身临其境，为本首词增添了盎然生机。

下片"白发戴花君莫笑"中"白发"指代作者，这样的老人头上插花，自己不会感到可笑，也不怕别人见怪，展现他乐而忘形的姿态。"《六幺》催拍盏频传"和上句是对仗，"六幺"是曲调名，此处的"拍"指歌曲的节拍，这句描写画船中觥筹交错的场面。"人生何处似尊前"看似是议论，实则是整首词感情升华之处，令人遐想。

## 【飞花解语】

"白发戴花君莫笑，《六幺》催拍盏频传"可对"花"字令。

"人生何处似尊前"可对"人"字令。

# 天地人情

天

　　"望极春愁，黯黯生天际。""天阔云闲，无处觅箫声。"天大地阔，这样的情景本可让人产生豪迈之情，只是当词人融情于景后，碧空也沾染上了忧愁。或许，这就是人们行"天"字令的原因，对着无垠的天空，对一句"更那堪、芳草连天，飞梅弄晚"，心中的愁绪都被吟诵了出来。

## 望极春愁，黯黯生天际

　　"望极春愁，黯黯生天际"出自柳永的《凤栖梧》。看似写景色，实则写情，最后融情于景。作者采用了隐喻手法，堪称"二度语言"，即话中有话。"愁"和"黯黯"是句中的关键字眼。

### 凤栖梧

柳　永

　　伫倚危楼①风细细，望极春愁，黯黯生天际。草色烟光残照里，无言谁会凭阑意?

　　拟②把疏狂图一醉，对酒当歌，强乐③还无味。衣带渐宽终不悔，为伊④消得⑤人憔悴。

**【注释】**

　①伫倚危楼：长时间倚靠在高楼的栏杆上。伫，久立。危楼，高楼。

　②拟：打算。

　③强（qiǎng）乐：勉强欢笑。强，勉强。

　④伊：她。

　⑤消得：消瘦得。

**【译文】**

　我长时间倚靠在高楼的栏杆上，微风轻轻吹拂而来，看不尽的春愁，忧愁从天际升起。碧绿的草、飘忽的雾气都掩映在夕阳中，谁能理解此刻倚靠在栏杆中的我？

　打算将狂妄不羁的心灌醉，举杯唱歌，勉强欢笑反而觉得没有什么意思。我日渐消瘦却没有丝毫懊悔，我宁愿为她消瘦、萎靡。

**【赏析】**

　这是一首怀人之词，整首词以"春愁"为线索。作者将漂泊他乡的落魄心情及对意中人的思念融合到一起，读起来朗朗上口。上片融情入景，下片直接抒情。

　上片"伫倚危楼风细细，望极春愁，黯黯生天际"引出了"春愁"，第一句是叙事，却详细刻画了主人公的形象。"风细细"为画面增添一丝生动，让画面瞬间活了起来。"草色烟光残照里"是在写春草，却让人联想仇恨绵绵不断，此处以春草暗喻词人思念的人。"残照"为这首词增添了凄凉色调，为"无言谁会凭阑意"奠定了基调，这句话表达了主人公的孤独之感，由于没人知晓他登高眺望的原因，他只能默默承受。虽然"无言谁会凭阑意"并不是春愁，却加深了"春愁"意境，主人公没有抒发自己的"春愁"，但他却因人不知他的心思，而埋怨他人不理解，这令读者不知其所思。

　下片中"拟把疏狂图一醉"写主人公想要喝酒消愁。此刻的他深知凭借自己是无法排解春愁的，所以只想要依靠酒精麻醉自己，但是他明白只是"图一醉"。同时，他还想要用"对酒当歌"来抒发自己内心的苦闷，但是这样的结果只是"强乐还无味"。可见作者心中的"春愁"是绵绵不断的，是难以纾解的。直到结尾"衣带渐宽终不悔，为伊消得人憔悴"，我们才明白主人公之所以这样"愁苦"，是因为"相思"。

这首词想借"春愁"表达自己的"相思"，作者逐步向读者透露自己的心境，但始终没有道破心中想法，扑朔迷离、千回百转，直到最后两句才表达了自己内心的想法，让整首词的情感在结尾达到了高潮，增强了感染力。

**【飞花解语】**

"对酒当歌，强乐还无味"可对"酒"字令。

"衣带渐宽终不悔，为伊消得人憔悴"可对"人"字令。

# 楚天千里清秋，水随天去秋无际

"楚天千里清秋，水随天去秋无际"出自辛弃疾的《水龙吟·登建康赏心亭》。读此句，气势稍逊"大江东去，浪淘尽，千古风流人物"。仰天天高，俯瞰水远，如此壮观情景，给人以开阔意境。

## 水龙吟①·登建康赏心亭
### 辛弃疾

楚天千里清秋，水随天去秋无际。遥岑②远目，献愁供恨，玉簪螺髻。落日楼头，断鸿③声里，江南游子。把吴钩④看了，阑干拍遍，无人会，登临意。

休说鲈鱼堪脍⑤，尽西风，季鹰⑥归未？求田问舍，怕应羞见，刘郎才气。可惜流年⑦，忧愁风雨，树犹如此！倩何人、唤取红巾翠袖，揾⑧英雄泪！

## 【注释】

①水龙吟：此调属双调、102字仄韵正体之一。

②遥岑（cén）：远山。

③断鸿：失群的孤雁。

④吴钩：唐·李贺《南园十三首·其五》："男儿何不带吴钩，收取关山五十州。"吴钩，古代吴地制造的一种宝刀。这里应该是以吴钩自喻，空有一身才华，但是得不到重用。

⑤脍：把肉切成细末。

⑥季鹰：张翰，字季鹰。

⑦流年：流逝的时光。

⑧揾（wèn）：擦拭。

## 【译文】

楚国千里，清秋空荡，江水流向天边，秋天无边无际。遥望远处的高山，为什么想要报效国家这么难，群山像女子头上的玉簪和螺髻。夕阳下，落日斜挂楼头，一只孤雁悲鸣着从天空飞去，是与我一样远离家乡的江南游子。看着手中的宝刀，我将栏杆都拍遍了，也没人能理解我登高的意思。

别说将鲈鱼做成美味了，西风吹来，不知道张季鹰回来没有？像许汜为自己购置田地、房屋，只是不敢去见德才兼备的刘备。可惜时间如流水一去不复还，我担心动荡中的国家，真像桓温说的树都长这么大了！谁去请那些披红戴绿的歌女，为我擦去英雄的泪。

**【赏析】**

上片以长江起笔，让人开阔境界，触发其忧国之愁，对家乡思念之情。下片通过三个典故彰显自己为国效力的抱负。

上片以写景为主，"楚天千里清秋，水随天去秋无际"是作者所见景色，"楚天"指楚地，"水"指长江中下游。"千里清秋""秋无际"写出了江南秋季的特点。"遥岑远目，献愁供恨，玉簪螺髻"写山之景，作者看着这壮美的山，心中愁思并没有消减，而群山仿佛能够读懂作者心中所想，并"献愁供恨"，此处作者采用了移情及物的手法。"愁""恨"由前面写景转向抒情，感情也逐渐变得强烈。

上片中的最后七句，描绘了落日情景，表达了作者心中对北方故乡的怀念之情。看着手中的宝刀，却没有用武之地，这样的情景谁人能够体会。"落日楼头，断鸿声里，江南游子"看似是写景，实则抒情。落日天天都有，作者在此用"落日"暗指衰败的南宋，而用"断鸿"指代自己。"把吴钩看了，阑干拍遍，无人会，登临意"，可以看出作者此刻的情绪是激动的，他并没有用过多的语言形容自己的心情，而是以动作从侧面烘托此刻的心情，直接抒发壮志难酬的悲愤之情。"把吴钩看了，阑干拍遍"是典型动作刻画，耐人寻味。"无人会，登临意"，作者感慨空有抱负，但无人重用。

下片直接抒发心中壮志。"休说鲈鱼堪脍，尽西风，季鹰归未？求田问舍，怕应羞见，刘郎才气"，这六句话中引用了两个典故。作者借典故和自己做对比，表达自己想要为国效力。"可惜流年，忧愁风雨，树犹如此"同样也引用了典故，"树犹如此"指桓温北征之事。这三句是全词的核心部分，全词的感情达到了高潮。"倩何人、唤取红巾翠袖，揾英雄泪"，此两句写到作者壮志不能实现，不能遇到知音，同上片"无人会，登临意"相呼应。

全词通过写景、抒情表达了作者渴望收复国土，报效祖国的愿望，但这样的壮志始终不能实现，这让作者感到无限悲愤，展现了作者强烈

152

的爱国情怀。

## 【飞花解语】

"忧愁风雨，树犹如此"可对"风"字令、"雨"字令。

"倩何人、唤取红巾翠袖，揾英雄泪"可对"人"字令。

# 应自栖香正稳，便忘了、天涯芳信

"应自栖香正稳，便忘了、天涯芳信"出自史达祖的《双双燕·咏燕》。"便忘了、天涯芳信"写曾有游子让燕子捎来书信，但它们全然忘记。正是燕子的疏忽让等待书信的人更加愁苦。

## 双双燕①·咏燕
### 史达祖

过春社了，度②帘幕中间，去年尘冷。差池③欲住，试入旧巢相并。还相④雕梁藻井，又软语、商量不定。飘然快拂花梢，翠尾分开红影⑤。

芳径，芹泥⑥雨润。爱贴地争飞，竞夸轻俊。红楼⑦归晚，看足柳昏花暝。应自⑧栖香正稳，便忘了、天涯芳信⑨。愁损翠黛双蛾，日日画阑独凭。

## 【注释】

①双双燕：词牌名，为史氏度曲，因此首所咏为双双飞燕，故以此为名。双调98字，仄韵。

②度：穿过。

③差（cī）池：燕子飞行时，有先有后，尾翼舒张貌。《诗经·邶风·燕燕》："燕燕于飞，差池其羽。"

④相（xiàng）：端看、仔细看。

⑤红影：指花影。

⑥芹泥：水边长满芹草的土地。

⑦红楼：富贵人家所居处，此为词中女子居住的地方。

⑧应自：料想，该当。

⑨芳信：对人书信的尊称，此指天涯游子所写的信。

## 【译文】

春社日刚过去，燕子就在楼阁帘幕中飞来飞去，屋梁上落满了旧年的尘土，冷清得很。燕子分开羽翼想要停下来，试着在旧巢中栖息。好奇地看着雕梁藻井，又呢喃软语地商量个不停。突然间飞过花的枝头，剪刀般的尾巴像是剪开了花的影子。

小路上弥漫着香味，芹泥在春雨中浸润着。燕子喜欢贴着地面争飞，像是在比较谁更轻盈。回到红楼时已经很晚了，看够了黄昏中的柳树花影。料想该回到自己的巢穴栖息了，却忘了带回天涯游子的书信。愁容挂上闺中女子眉梢，她每天倚靠在栏杆处望眼欲穿。

## 【赏析】

燕子是古诗词中常用的意象，而整首词将燕子写得活灵活现的不外乎史达祖的《双双燕·咏燕》。本首词以"燕"字贯穿全文。

上片"过春社了，度帘幕中间，去年尘冷"中的"春社"点明此时正是春分前后，同时为燕子回归做好了铺垫。"度帘幕中间"暗示燕子回来，在无限春光中，燕子回到旧巢穴中，但屋舍无人，尘土阵阵，不免让人感到凄凉。"差池欲住，试入旧巢相并。还相雕梁藻井，又软语、商量不定"刻画了燕子想要居住却又徘徊不定的场景。作者将两只燕子寻找巢穴的情形刻画得如同一对夫妻商量是否要定居一般，颇有意趣。"欲""试"用词巧妙，将燕子的心理变化刻画得栩栩如生。而"飘然快拂花梢，翠尾分开红影"写出了燕子商量的结果，它们决定在

此居住了，开始在这个美好的春光中张罗新的生活。

下片"芳径，芹泥雨润"，通常燕子会用芹泥筑巢。"爱贴地争飞，竞夸轻俊"，燕子双双此起彼伏飞着，十分愉快。"红楼归晚，看足柳昏花暝。应自栖香正稳"，看着如此美好的春光，主人公不由得羡慕双双燕子的生活，伫立良久，时间慢慢流逝，黄昏已到来。作者想象在燕子回归北方前，天涯游子曾让燕子给她捎回家书，但它们却忘记了。前面的节奏是那样的欢快，而到此笔锋一转，出人意料。紧接着"愁损翠黛双蛾，日日画阑独凭"，作者勾勒出思妇在眺望的场景。结尾看似没有写燕子，其实这正是作者匠心独具之处，作者在前面花大量词句描写燕子，只为了表示物是人非。最后，作者将想要表达的意思进一步递进，融入了闺情，别有一番风味。

## 【飞花解语】

"过春社了，度帘幕中间，去年尘冷"可对"春"字令。

"飘然快拂花梢，翠尾分开红影"可对"花"字令。


# 天阔云闲，无处觅箫声


"天阔云闲，无处觅箫声"出自卢祖皋的《江城子》。此两句采用虚实相交的手法，"天阔""云闲"既是眼前景色，也写出了作者心中缠绵不断的忧思，各字之间并没有过多修饰，看似平凡，读起来却朗朗上口。


## 江城子①
### 卢祖皋

画楼帘幕卷新晴。掩银屏，晓寒轻。坠粉飘香，日日唤愁生。暗数十年湖上路，能几度，着娉婷？

年华空自感飘零。拥春酲②，对谁醒？天阔云闲，无处觅箫声。载酒买花年少事，浑不似，旧心情。

## 【注释】

①江城子：词牌名。唐词单调，始见《花间集》韦庄词，单调35字，七句五平韵。或谓调因欧阳炯词中有"如（衬字）西子镜照江城"句而取名，其中江城指的是金陵，即今南京。宋人改为双调，70字，上下片都是七句五平韵。

②酲（chéng）：醉酒。

## 【译文】

画楼上卷起了帘子，看到外面一片晴朗。收好银色屏风，才感到清晨的阵阵寒意。坠落的花瓣飘来阵阵香味，每天都能唤醒自己的愁绪。暗暗算着十年来往返西湖行程，能有几次遇到美丽、钟情的姑娘一起尽兴呢？

我感到了时光流逝，容颜变老。每天都喝醉，没人可以和我谈心，我为谁保持清醒呢？天大地阔，无处寻找欢快的箫声。即便如年轻时一样带着酒买花，却已经没有当时的心情了！

## 【赏析】

本词是一首伤春怨别词，整篇以"愁"引领全词。上片触景生情，下片感慨岁月流逝，往昔不复存在。

上片"画楼帘幕卷新晴"，通过"新晴"衬托"日日唤愁生"的苦闷心情。"新晴"描写了雨过天晴之后的清新空气，一个"卷"字为词句增添了浪漫氛围。当"帘幕"卷起时，屋子里一片明朗。"掩银屏，晓寒轻"，上句中的"新晴"表达的是暖意，是写户外天气晴朗，而此处的"寒轻"是写屋内的温度。"坠粉飘香，日日唤愁生"，这写到了户外的景色，"坠粉"不禁让人想到了"夜来风雨声，花落知多少"，昨晚风雨

156

让花瓣掉落，更让人触景伤情，点明"日日唤愁生"。此刻作者表达的情绪和他前面表达的"新晴"并不相悖，前面只是以美景突出愁情。而"掩银屏，晓寒轻"是一个过渡句，那么到底作者在愁什么呢？"暗数十年湖上路，能几度，着娉婷"，以问句表达了作者缠绵悱恻之意。

下片"年华空自感飘零"承接上片"愁"意境，一个"空"字传递了作者虚度时间的感慨，情场曲折，怎能不愁？"对谁醒"其实是倒装句，意为醒着能和谁诉说心中的思绪。"天阔云闲"采用了虚实结合，既表示眼前所见之景，又表达了心中缠绵不断的忧思，意境深远。结尾三句，作者感慨年华已去，无尽惆怅荡漾在字里行间。

整首词以景衬情，"愁"字贯穿全篇，作者通过细致的心理刻画，开拓了"愁"的意境，结尾处更是将读者带入了意境当中，同作者一起感慨。

【飞花解语】

"年华空自感飘零。拥春醒，对谁醒"可对"春"字令。

# 更那堪、芳草连天，飞梅弄晚

"更那堪、芳草连天，飞梅弄晚"出自卢祖皋的《宴清都·初春》。它是整首词的结尾，"飞""弄"用得巧妙，给人以新颖之感，景中融合着作者的浓浓离愁，读后耐人寻味。

## 宴清都①·初春
### 卢祖皋

春讯飞琼管②。风日薄、度墙啼鸟声乱。江城次第③，笙歌翠合，绮罗香暖。溶溶涧渌冰泮④。醉梦里、年华暗换。料黛眉重锁隋堤，芳心还动梁苑。

新来雁阔云音，鸾分鉴影⑤，无计重见。啼春细雨，笼愁淡月，恁时庭院。离肠未语先断。算犹有、凭高望眼。更那堪、芳草连天，飞梅弄晚。

**【注释】**

①宴清都：词牌名，北宋周邦彦创调。

②琼管：律管，以玉制成。

③次第：转眼，顷刻，白居易《观幻》诗："次第花生眼，须臾烛过风。"

④泮（pàn）：溶解，分离。

⑤鸾分鉴影：范泰《鸾鸟诗序》："昔罽宾王结罝峻卯之山，获一鸾鸟。王甚爱之，欲其鸣而不致也。乃饰以金樊，飨以珍馐。对之俞戚，三年不鸣。其夫人曰：'尝闻鸟见其类而后鸣，何不悬镜以映之？'王从其意。鸾睹形悲鸣，哀响冲霄，一奋而绝。"后以此故事比喻爱人分离或失去伴侣，借指妇女失偶。

**【译文】**

春天的气息从琼管中流露。晨风并不暖和、越过墙头的鸟鸣声乱成一片。转眼间江城已经是碧翠笼罩，到处都是歌箫之声，人们穿着罗衫，迎接花香日暖。溪涧的残冰融化，绿水涓涓。在醉梦中仿佛都感到了时光流转。我想隋堤的柳叶一定锁紧了黛眉，梁苑的林花芳心震颤。

我听到了刚到来的大雁鸣叫声，分飞的鸾凤对着镜中的孤影啼鸣，离别的情人再也不能相见。春天的细雨连绵不断，愁云笼罩夜晚，淡淡的月光下，我独自守候在庭院当中。离别的话还没说，心就如同断肠一般。就算是登高远望，如何忍受平旷野地中的杂花野草无边无际的情景，飞落的梅花舞弄着夜晚。

## 【赏析】

这首词是伤春抒情而作，上片写景，下片抒情。

上片"春讯飞琼管。风日薄、度墙啼鸟声乱。江城次第，笙歌翠合，绮罗香暖。溶溶涧渌冰泮，醉梦里、年华暗换"刻画了风景、人物，渲染江城春色宜人，从字里行间能够看出作者对春光流逝的惋惜。"料黛眉重锁隋堤，芳心还动梁苑"，作者猜想柳叶似乎是凝聚眉头，林花颤抖，从侧面表达了作者对中原的眷顾之情。

下片"啼春细雨，笼愁淡月，恁时庭院"，用春雨修饰自己心绪，此刻的作者独自在庭院中思乡，甚是凄凉。"离肠未语先断。算犹有、凭高望眼"，作者相思断肠，即便是登高都不得缓解心中的离恨。最后"更那堪、芳草连天，飞梅弄晚"，以景结尾，从情景中渗透出作者深长的离愁别恨，意味无穷。

## 【飞花解语】

"春讯飞琼管。风日薄、度墙啼鸟声乱"可对"春"字令、"风"字令。

"啼春细雨，笼愁淡月，恁时庭院"可对"春"字令、"雨"字令、"月"字令。

159

地

对人们来说，大地是熟悉的、亲切的，它陪伴人们度过了无数个平凡的日子。即便如此，"地"字令反而不常见，这大概是因为人们更喜欢吟诵那些遥远的事物，如月亮等。因此，你若能先多了解几首关于"地"的作品，在遇到"地"字令时，就可以优哉游哉地看有人一杯又一杯地罚酒了。

## 碧云天，黄叶地。秋色连波，波上寒烟翠

"碧云天，黄叶地。秋色连波，波上寒烟翠"出自范仲淹的《苏幕遮》。作者将情融入景色中。整首词以雄健笔力写婉转愁思，声情并茂，意境开阔。

### 苏幕遮①
范仲淹

碧云天，黄叶地。秋色连波，波上寒烟翠。山映斜阳天接水，芳草无情，更在斜阳外。

黯乡魂②，追旅思③。夜夜除非，好梦留人睡。明月楼高休独倚，酒入愁肠，化作相思泪。

160

**【注释】**

①苏幕遮：词牌名。此调为西域传入的唐教坊曲，又名云雾敛、鬓云松令。双调，62字，上下片各五句。

②黯乡魂：思念家乡，黯然销魂。

③旅思：旅行在外的愁思。

**【译文】**

满天白云，黄叶遍地。秋天的景色映照在江水碧波上，水波上笼罩着寒烟，一片翠绿。远山在夕阳中，天像是连接着江水，杂花野草看似无情，却在夕阳之外。

思念家乡，黯然销魂，旅行在外的愁思难以排遣。要不是因为每晚想要在梦中回到故乡，恐怕难以入睡。伴随着明月，我在高楼处独自倚靠，一杯一杯地将苦酒灌入愁肠，却都化作了相思泪。

**【赏析】**

这首词以低沉基调叙写婉转愁思。上片写秋景，下片直抒离愁。

上片"碧云天，黄叶地。秋色连波，波上寒烟翠。山映斜阳天接水，芳草无情，更在斜阳外"叙写了秋景，意境宽阔、不同凡响。更巧妙的是，作者通过眼前的景触动心中的情，同时将心中的愁思化作眼前的秋景，可谓情景交融，景中有情，情中带景，物我统一。作者从天、地、江、山开始描写，为写思乡做好铺垫，最终"芳草无情"将作者的思绪推向高处，"芳草"常寄托了离愁，但作者却借着"无情"衬托出有情，别有一番滋味。

下片"黯乡魂，追旅思。夜夜除非，好梦留人睡"，作者想要睡个好觉，需要在梦中回到家乡，才能睡安稳。但这并不可能，可见作者的乡思难解。"明月楼高休独倚，酒入愁肠，化作相思泪"写出了作者独自倚靠高楼，喝着酒，企图以酒解忧。正所谓"何以解忧，唯有杜康"，但乡愁又岂是杜康所能排解的？"化作相思泪"用词新颖，字里行间能读出"愁"，使"愁更愁"。整首词情景相融，构思沉稳，达到了完美的艺术境界。

## 【飞花解语】

"山映斜阳天接水"可对"山"字令、"天"字令、"水"字令。

"明月楼高休独倚，酒入愁肠"可对"月"字令、"酒"字令。

# 真珠帘卷玉楼空，天淡银河垂地

"真珠帘卷玉楼空，天淡银河垂地"出自范仲淹的《御街行·秋日怀旧》。前句写了寂寥高楼望天宇，后句用六字勾勒出秋夜空旷天宇。全词由景入情，情景交融。

## 御街行[①]·秋日怀旧

### 范仲淹

纷纷坠叶飘香砌[②]，夜寂静，寒声碎。真珠帘卷玉楼空，天淡银河垂地。年年今夜，月华如练[③]，长是人千里。

愁肠已断无由醉，酒未到，先成泪。残灯明灭枕头欹[④]，谙尽[⑤]孤眠滋味。都来[⑥]此事，眉间心上，无计相回避。

## 【注释】

①御街行：此词为双调、78字变体。

②香砌：香阶。台阶因落花而散香。

③练：素绢。

④欹（qī）：倾斜，此处指人斜靠在枕上。

162

⑤谙尽：尝尽。谙，熟悉。

⑥都来：算来。

## 【译文】

　　纷纷的落叶坠落到带有香味的台阶上，夜晚是那样的寂静，落叶声增添了寒冷。卷起带有珍珠的卷帘，华丽的楼阁空荡荡，只见夜色清淡，银河的尽头像是连接了大地。每年的今夜，月光都像是素绸一般洁净，而心上人却总是在千里之外。

　　愁肠寸断，想要借酒浇愁，但酒不能让自己麻醉，酒还没有入口，却化作了泪水。夜深灯残，忽明忽暗，我只好斜靠在枕头上，品尝独自一人睡觉的凄苦。想来苦等是没有结果的，愁绪涌上眉头心间，没有办法让自己解脱。

## 【赏析】

　　词的上片以写景为主，下片抒发作者难以排解的忧愁。

　　上片中"纷纷坠叶飘香砌，夜寂静，寒声碎"，作者从写景出发，景中融情，作者从落叶开始写，而落叶的轻盈落地都能听到，可见作者内心的孤寂，同时衬托了夜的寂静。"寒声碎"传达出作者落寞的心境。通过写秋色、秋景，渲染秋之寂，为全词奠定了悲凉基调。"真珠帘卷玉楼空，天淡银河垂地"描写了眼前之景，空寂宇宙触动了作者内心世界。"年年今夜，月华如练，长是人千里"直抒落寞之情，回忆昔日心上人能伴随自己左右，而如今景色依旧，但佳人远隔千里，令人伤悲。作者以景寓情，将内心感情极致展现了出来。

　　下片中"愁肠已断无由醉"承接上片佳人不在身边，想要以酒解相思，但无奈酒无法消愁。"酒未到，先成泪"进一步写出心中的"愁"。浓愁已令人无法入睡，怎奈"残灯明灭枕头欹"，青灯忽明忽暗，和室外明月形成对比。"谙尽孤眠滋味"中的"谙尽"照应上片中的"年年"，可见愁思久远。作者在下片将情景相融，抒发真情，引人入胜。

## 【飞花解语】

"纷纷坠叶飘香砌，夜寂静"可对"夜"字令。

"年年今夜，月华如练，长是人千里"可对"夜"字令、"月"字令、"人"字令。

# 满地残红宫锦污，昨夜南园风雨

"满地残红宫锦污，昨夜南园风雨"出自王安国的《清平乐·春晚》。此两句采用因果倒置，用眼前残花写出痛惜之情，用风雨写出了心头之恨。整首词交叉使用视觉、听觉描写，从视觉、听觉两部分勾勒出暮春图景。

## 清平乐·春晚
### 王安国

留春不住，费尽莺儿语。满地残红宫锦①污，昨夜南园风雨。

小怜②初上琵琶，晓来思绕天涯。不肯画堂朱户，春风自在杨花③。

## 【注释】

①宫锦：宫廷监制并特有的锦缎。这里喻指落花。

②小怜：北齐后主淑妃冯小怜，善弹琵琶。这里泛指歌女。

③杨花：一作"梨花"。

## 【译文】

春天是留不住的，白白浪费了黄莺啼叫。昨夜南园被风雨侵袭，满

164

地都是红色落花，弄脏了地面。

小怜姑娘刚刚成功弹奏一首琵琶曲，黎明到来，让她的思绪飞到天涯海角。她不肯出入豪门大户，她只想做自由自在的杨花飘零在春风中。

## 【赏析】

这首词表达了词人伤春、惜春的情绪，感慨时光流逝，感慨身世，全词融情于景，甚有新鲜之感。

上片中"留春不住，费尽莺儿语。满地残红宫锦污，昨夜南园风雨"，写出了经过一夜风雨之后园中的情景。面对这凋零场面，作者深有感触。此刻传来黄莺的叫声，作者便以为黄莺感慨落花，想要挽留春天不要离去。从"费尽"不难看出作者的失落之感，其实春去春来跟黄莺没有多大关系，作者巧妙赋予鸟儿以人的情感，让这首词更有韵味，还从听觉和视觉勾勒出暮春图景。

下片"小怜初上琵琶，晓来思绕天涯"，伴随着远处小怜的弹奏声，那声音仿佛是怜春、怜花。作者从上片中的视觉描写转入到听觉描写，琵琶声很动人，而与此同时，春天即将逝去，作者通过写春天流逝，引发起虚度年华之感慨，寄托英雄末路之悲愤。结尾作者笔锋转回了眼前情景"杨花"，面对园中残花局面，作者更希望自己像"杨花"一样飘零四处。

## 【飞花解语】

"留春不住，费尽莺儿语"可对"春"字令。

"不肯画堂朱户，春风自在杨花"可对"春"字令、"风"字令、"花"字令。

# 东风又作无情计，艳粉娇红吹满地

"东风又作无情计，艳粉娇红吹满地"出自晏几道的《玉楼春》。"无情"是对"东风"的恨，"满地"写出了对落花的怜惜之情。整首词笔调沉重，用东风的无情衬托人有情，写出心中深深愁怨。

## 玉楼春
### 晏几道

东风又作无情计，艳粉娇红①吹满地。碧楼帘影不遮愁，还似去年今日意。

谁知错管春残事，到处登临曾费泪。此时金盏直须②深，看尽落花能几醉？

**【注释】**

①艳粉娇红：指春花。

②直须：就该。

**【译文】**

东风又展现了它无情的面孔，满地都是它吹落的春花。青楼上的卷帘透过落花残影，遮不住愁思，犹如去年今天惹来伤春之感。

谁知道误管了暮春事情，每到登高处让我耗费了多少泪水。此刻就该举起金杯美酒，看尽繁花落尽，人生短暂，能有几次醉？

**【赏析】**

这首词抒发了作者落花残春之伤感。

上片中"东风又作无情计，艳粉娇红吹满地"写出了暮春时分，东风将花吹落的场景。看似写景，实则烘托了作者内心的愁怨，愁怨贯穿首尾。"又"字笔力沉重，气势不凡。"粉""娇"不仅写了花的颜色，更写出了落花之艳丽。词人在此写花之美，与经过风吹之后的残花局面形成鲜明对比，令人触目惊心。"吹"字写出东风无情。而"碧楼帘影不遮愁，还似去年今日意"是从珠帘中看着窗外场景。"帘影不遮愁"，作者想要以窗帘遮盖窗外的残败局面，但是落花依旧，"不遮愁"生动地刻画了当时场景，用词传神。"还似"呼应前面的"又"，花谢花落不只今年有，年年如此，语气中意味深长，令人遐想。

下片"谁知错管春残事"，看似责怪"错管"，其实是写春去花落，是世人无法挽回的，怜春、怜花只是徒劳而已。"此时金盏直须深，看尽落花能几醉"，笔锋一转，惋惜落花不如饮酒，看似心情变得旷达，实则内心更加沉痛了。

**【飞花解语】**

"谁知错管春残事，到处登临曾费泪"可对"春"字令。

"此时金盏直须深，看尽落花能几醉"可对"花"字令。

# 洙泗上，弦歌地，亦膻腥

"洙泗上，弦歌地，亦膻腥"出自张孝祥的《六州歌头》。"洙泗""弦歌"写文明礼仪之乡，"亦膻腥"写了礼仪之乡被污染、践踏。整首词刻画了沦陷区的荒凉，展现了词人反对议和的心理。

## 六州歌头①
### 张孝祥

长淮②望断，关塞③莽然④平。征尘暗，霜风劲，悄边声。黯销凝。追想当年事，殆⑤天数，非人力，洙泗上，弦歌地，亦膻腥。隔水毡乡⑥，落

167

日牛羊下，区脱⑦纵横。看名王宵猎，骑火一川明。笳鼓悲鸣，遣人惊。

念腰间箭，匣中剑，空埃蠹⑧，竟何成！时易失，心徒壮，岁将零⑨。渺神京。干羽方怀远，静烽燧，且休兵。冠盖使，纷驰骛，若为情。闻道中原遗老，常南望、翠葆霓旌⑩。使行人到此，忠愤气填膺⑪，有泪如倾。

## 【注释】

①六州歌头：词牌名。双调，143字。

②长淮：指淮河。宋高宗绍兴十一年（1141）与金和议，以淮河为宋金的分界线。此句即远望边界之意。

③关塞：关山要塞。

④莽然：草木茂盛貌。

⑤殆：大约、差不多。

⑥毡乡：指毡包连片。

⑦区（ōu）脱：汉时匈奴筑以守边的土室。

⑧埃蠹（dù）：尘掩虫蛀。

⑨零：尽。

⑩翠葆霓旌：指皇帝的仪仗。翠葆，以翠鸟羽毛为饰的车盖。霓旌，像虹霓似的彩色旌旗。

⑪填膺：满怀。

## 【译文】

长时间伫立在淮河岸边眺望远方，关塞野草茂盛，是如此开阔。北伐征尘暗淡，寒风猛吹，边塞寂寥。我黯然凝望，追想起当年往事，大约都是天意，并非人力可扭转；在孔门弟子求学时的洙水、泗水边上，本是弦歌礼仪之地，如今也成为一片膻腥。隔河看着敌人的毡帐，落日下的牛羊回圈，纵横布置了敌军前哨据点。看到金兵在晚间狩猎，骑兵火把照亮整个大地，胡笳鼓角发出阵阵悲鸣，令人心惊胆战。

想到腰间的弓箭、匣中宝剑，空自遭受尘土、虫子侵蚀，不由感叹满怀壮志不得舒展！时机容易流逝，壮心徒自雄健，刚暮将残。恢复汴京愿望渐远！朝廷推行礼乐以怀柔靖远，边境停歇烽烟，敌我正在休兵之际。穿戴冠服乘车的使者，驰骋匆匆，令人难为情。听说留下的中原父老，常常期盼朝廷、期待皇帝能归来。使行人来到此地，一腔忠愤，怒气填膺，热泪倾洒前胸。

## 【赏析】

这首词描写了战乱后的荒凉与敌军的猖狂，抒发了作者反对议和的激昂情绪。上片描写了江淮地区宋金对峙场面，下片写了复国壮志难酬之情。

上片中"长淮"为当时国境线，"黯销凝。追想当年事，殆天数，非人力，洙泗上，弦歌地，亦膻腥"写出了战后荒凉情景。"黯销凝"写出了作者黯然神伤。"洙泗上"中的洙泗二水流经山东，此番场景激起作者心中愤慨。"隔水毡乡"写出了敌军金兵的活动，昔日耕种之景，如今已沦为游牧场景。

下片开头"念腰间箭，匣中剑，空埃蠹"写了作者空有杀敌武器，如今只能任由尘土、虫子侵蚀。"心徒壮，岁将零"抒发了作者报国无门之感。"渺神京"，作者写到了偏安的朝廷，"渺"字不仅是距离之远，更是指时间渺茫。"干羽方怀远"，作者讽刺朝廷放弃国土，安于现状。"冠盖使，纷驰骛，若为情"，刻画了来往中的信使每年向金国交割各种事物的情形。"若为情"，面对此景，令作者叹息痛恨。"闻道中原遗老，常南望、翠葆霓旌"，在金人统治下的同胞，渴望国家能够早日收复失地。"使行人到此"中的"行人"指代路过之人。

纵观全词，透露出作者的爱国之情，整篇篇幅较长，多用三言、四言短句，构思细致。这首词中，将宋金对峙局面、朝廷及人民之间的矛盾做了鲜明对比，多层次展现当时局面，勇敢表达民众心声。

"征尘暗，霜风劲，悄边声"可对"风"字令。

"隔水毡乡，落日牛羊下，区脱纵横"可对"水"字令。

# 划地东风欺客梦，一枕云屏寒怯

"划地东风欺客梦，一枕云屏寒怯"出自辛弃疾的《念奴娇·书东流村壁》。"风期客梦"埋怨天气与自己作对，"云屏寒怯"写出醒后的凄凉。这首词抚今追昔，写了儿女之情、家国之感。

## 念奴娇·书东流村壁
### 辛弃疾

野棠①花落，又匆匆过了、清明时节。划地②东风欺客梦，一枕云屏寒怯。曲岸持觞③，垂杨系马，此地曾轻别。楼空人去，旧游飞燕能说。

闻道绮陌④东头，行人长见，帘底⑤纤纤月⑥。旧恨春江流不断，新恨云山千叠。料得明朝，尊前⑦重见，镜里花难折。也应惊问，近来多少华发？

【注释】

①野棠：亦名棠梨，春初时节开小白花。

②划（chàn）地：无端，平白地。

③觞：中国古代的一种盛酒器具。

④绮陌：此指繁华的大道。

⑤帘底：即帘里。

⑥纤纤月：用以形容细长的眉毛，指代女子。

⑦尊前：酒席上。

**【译文】**

野外盛开的棠梨花已经凋落，时光匆匆，又到了清明时节。东风无故打断游子的梦，醒后枕边清寒。记得来过此地，临别前在弯曲河岸，我曾和美人饮酒，将马儿系在杨柳边上。如今人去楼空，昔日燕子依旧栖息在此，它能对人诉说昔日往事。

我听说繁华街道的东头，行人曾在帘子里见过那个送别我的女子。昔日离别伤愁如同江水绵绵不断，如今物是人非，心中的仇怨如同重山一般。我想明朝宴会上如果再次遇到她，我也许不敢表达自己的想法，觉得这像镜中摘花一般难。也许她会惊奇问我：近来你怎么长了许多白发？

**【赏析】**

这首词的上片写了旧地重游，下片写了如今相遇甚难，以及思念之情。

上片开篇三句写出了清明时节。一个"又"字写出了时光易流逝，让人心生感慨。"曲岸持觞，垂杨系马"，此处是作者回顾昔日往事。结尾两句，作者回归现实，看着眼前"楼空"，写出了他心中的失望。

下片开头三句写佳人的消息，"纤纤月"刻画女子的清秀。"旧恨春江流不断，新恨云山千叠"写出了作者昔日离别之后的相思之愁，而如今故地重游却没有再次遇到她，不免增添新愁。"尊前重见，镜里花难折"，这两句表达了今后想要再遇到她难上加难。结尾两句是作者的感慨，他在责问自己，因"新旧恨"让自己"多华发"。

这首词无处不悲凉，开头感慨岁月，结尾落在白发上。

**【飞花解语】**

"野棠花落，又匆匆过了、清明时节"可对"花"字令。

"楼空人去，旧游飞燕能说"可对"人"字令。

"旧恨春江流不断，新恨云山千叠"可对"春"字令、"江"字令、"云"字令、"山"字令。

民间流传着这样一个故事。有一天，王大人和李大人在一起喝酒，席间，王大人提议行酒令，规则是先说出一个字，字中一定要有一个"大人"和一个"小人"，然后用两句谚语来证明它，李大人同意。

王大人先说："伞字有五人，下列众小人，上侍一大人。所谓有福之人人服侍，无福之人服侍人。"李大人点点头，接着说："爽字有五人，旁列众小人，中藏一大人。所谓人前莫说人长短，始信人中更有人。"

说完，两人相视一笑，举杯共饮。

## 郁孤台下清江水，中间多少行人泪

"郁孤台下清江水，中间多少行人泪"出自辛弃疾的《菩萨蛮·书江西造口壁》，可从中感到郁孤台的巍峨。同时，一个"孤"字写出了作者的心情。作者以"郁孤台"作为起笔，为全篇营造了磅礴之势。

### 菩萨蛮①·书江西造口壁
#### 辛弃疾

郁孤台②下清江水，中间多少行人泪！西北望长安③，可怜④无数山。青山遮不住，毕竟东流去。江晚正愁余⑤，山深闻鹧鸪。

**【注释】**

①菩萨蛮：词牌名，又名重叠金、子夜歌等。双调，44字。

②郁孤台：今江西省赣州市城区西北部贺兰山顶，又称望阙台，因"隆阜郁然，孤起平地数丈"而得名。

③长安：今陕西省西安市，为汉、唐故都。此处代指宋都汴京。

④可怜：可惜。

⑤愁余：使我发愁。

**【译文】**

郁孤台下的赣江水，水中有多少行人的泪水。向西北眺望着长安，可惜只看到数不尽的青山。

青山怎能将江水挡住，江水毕竟要向东流去。傍晚时分我在江水边满怀愁绪，听到深山中传来鹧鸪的叫声。

**【赏析】**

作者担任江西提点刑狱时，经过造口看着昼夜流逝的江水，思绪如流水一般，便创作了这首词。"东流"指代自己的不如意，"江晚"反衬心中苦闷，"鹧鸪"的叫声写出了作者的悲愤之情，整首词采用比兴手法，造诣极高。

上片中"郁孤台下清江水"写郁孤台和清江，"郁"字表达了沉郁之意。作者以地名开头，写出了满腔愤慨，是词的核心意境。"中间多少行人泪"中的"行人泪"写出了当日的造口之事，作者看着眼前景色，愤慨金兵猖狂，国耻未报，故以此写出心中的悲凉。江水中不仅有行人眼泪，更有作者的眼泪。"西北望长安，可怜无数山"，作者想要看到长安城，而重山遮住视线，此处用李勉登郁孤台望阙的故事，表达了自己心中的愤慨。

下片"青山遮不住，毕竟东流去"，作者写出了江水向东流的场面，即便是青山遮住了长安，但是阻挡不住流水。写景的同时，也暗含

作者的寄托，"遮不住"带有深厚感情色彩，让人回味。当时局势很不乐观，作者的心情也并不积极。"江晚正愁余，山深闻鹧鸪"，词中意境给人凄凉之感，暮色无疑增添了作者的沉郁苦闷，此番场景也是作者心中的真实写照。"鹧鸪"声提醒作者不要忘却南归抱负。这首词写出了作者的爱国情思，为词中瑰宝，作者以眼前景写出心中事，通过写眼前的江水、青山，抒发心中家国之悲，有一种沉郁顿挫的美感。

**【飞花解语】**

"西北望长安，可怜无数山"可对"山"字令。

"青山遮不住，毕竟东流去"可对"山"字令。

"江晚正愁余，山深闻鹧鸪"可对"山"字令。

# 漏初长、梦魂难禁，人渐老、风月俱寒

"漏初长、梦魂难禁，人渐老、风月俱寒"出自史达祖的《玉蝴蝶》。作者从景入手，如"风月俱寒"。其中景中融情，"梦魂难禁""人渐老""寒"字句中都夹杂着作者悲秋、感慨时光流逝之情。

## 玉蝴蝶①
### 史达祖

晚雨未摧宫树②，可怜闲叶，犹抱凉蝉。短景③归秋，吟思又接愁边。漏初长、梦魂难禁，人渐老、风月俱寒。想幽欢。土花④庭甃⑤，虫网阑干。

无端。啼蛄⑥搅夜，恨随团扇，苦近秋莲。一笛当楼，谢娘⑦悬泪立风前。故园晚、强留诗酒，新雁远、不致寒暄。隔苍烟。楚香罗袖，谁

175

伴婵娟。

**【注释】**

①玉蝴蝶：词牌名，此调有小令及长调两体，小令为唐温庭筠所创，双调，共41字。长调始于宋人柳永，双调，99字，平韵，亦有98字体。

②宫树：指围绕房屋的树，以为屏障。

③短景：指夏去秋来，白昼渐短。

④土花：苔藓。

⑤甃（zhòu）：井壁。

⑥蛄：蝼蛄，通称喇喇蛄，有的地区叫土狗子，一种昆虫，昼伏夜出，穴居土中而鸣。

⑦谢娘：唐宰相李德裕家谢秋娘为名歌伎。后以"谢娘"泛指歌伎。

**【译文】**

黄昏中的雨没有摧毁宫树，可怜稀疏树叶上，那只瑟瑟发抖的寒蝉。入秋后白天渐短，我的诗情都带上了愁绪。夜间变长，这让我的梦魂难耐，人渐渐变老，清风、皎洁月光这些美景中都渗透着寒意。回想昔日幽会欢乐，如今庭院中的井壁上长满了苔藓，蜘蛛网布满了栏杆。

无奈，啼叫的蝼蛄惊扰了长夜，只怪我的身体像是秋天抛弃的团扇，心中的苦涩如同莲子。回想当年对楼吹笛，谢娘落泪伫立在风前。迟迟都没有返回故园，勉强喝酒赋诗驱愁烦，大雁已经飞远，不能替我传书表达寒暄之意。隔着苍茫云烟，穿着罗袖的佳人，谁和你相伴呢？

**【赏析】**

这是一首思乡怀人之词，全词主要写景，情景交融，读起来凄凉感人。上片写悲秋寄托身世凋零、年华逝去之凄凉，下片写思念伊人的寂寞心情。

上片中"晚雨未摧宫树，可怜闲叶，犹抱凉蝉"写出雨后秋天黄昏情景，其中的"凉蝉"意象是此三句的主体。"短景归秋，吟思又接愁边。漏初长、梦魂难禁，人渐老、风月俱寒"，词人从景入手，随后抒发作者感情，表达了作者浓浓秋思。"想幽欢。土花庭甃，虫网阑干"，作者回忆往昔和伊人相处的美好时光，以昔日幸福衬托如今的悲秋情感，直入主题，深化题旨。

下片中"无端。啼蛄搅夜，恨随团扇，苦近秋莲"写蟋蟀啼叫情景，制造了悲凉氛围，同时写出了作者此刻心中亦是孤寂、凄凉的。"一笛当楼，谢娘悬泪立风前"，回忆过往之事，思念伊人，难以入睡，此处用谢娘对词人的思念，从侧面写出自己对谢娘的相思之情。"故园晚、强留诗酒，新雁远、不致寒暄"，自己不能回去和心爱的人相见，也不能通过鸿雁带去安抚，表达了作者寂寥无助之感。结尾中"隔苍烟。楚香罗袖，谁伴婵娟"，词人扭转笔锋，写出了对远在他乡的伊人孤独的关切之情。

## 【飞花解语】

"晚雨未摧宫树，可怜闲叶，犹抱凉蝉"可对"雨"字令。

"想幽欢。土花庭甃，虫网阑干"可对"花"字令。

# 人散市声收，渐入愁时节

"人散市声收，渐入愁时节"出自刘克庄的《生查子·元夕戏陈敬叟》。一个"渐"字，带着读者进入作者的愁绪中，作者在此处的炼字甚有韵味，能让读者深层次体验其中意蕴。

# 生查子①·元夕戏陈敬叟

刘克庄

繁灯夺霁华②。戏鼓侵明发③。物色④旧时同，情味中年别。

浅画镜中眉，深拜楼西月。人散市⑤声收，渐入愁时节。

**【注释】**

①生查子："查"为"楂梨"之"楂"省笔而来。

②霁（jì）华：月光皎洁。

③明发：天色开始发亮。《诗经·小雅·小宛》："明发不寐，有怀二人。"

④物色：风物景色。

⑤市：指街市。

**【译文】**

元宵节的繁华灯光夺去了月光的光辉，喧闹的戏鼓声一直响到天明。风俗景色和过去并没有什么不同，而人到中年，心情不免有些不同。

像汉朝张敞对着镜子给美人描眉，一起到高楼中赏月，祈祷能够天长地久。娱乐的人们逐渐散去，街道上恢复了宁静，而我渐感愁思。

**【赏析】**

这首词是为元夕戏友而作，写出了悲欢，感慨今夕。上片写了元宵盛况；下片写对友人和美夫妻生活的羡慕，并感慨自己生活苦楚。

上片"繁灯夺霁华。戏鼓侵明发"给读者刻画了元宵夜晚情景，形声兼备，概括力极强。而"物色旧时同，情味中年别"直抒心绪，虽然风俗依旧，此刻自己的心并不同于往昔，对于眼前情景，心中别有一番滋味。

下片"浅画镜中眉，深拜楼西月"将镜头转入闺情中，作者想到了陈敬叟的妻子在家中画眉毛，等待丈夫回归，然而此时陈敬叟身在临安不得归，难免让人心生悲痛。"人散市声收，渐入愁时节"这两句和开

头两句相呼应，点明主旨，在狂欢中，人们会暂时忘记伤悲，但欢乐过后，孤寂依旧涌上心头，一个"渐"字将作者的幽怨表达出来。整首词写出了真实生活场景，引人入胜，耐人寻味。

## 【飞花解语】

"物色旧时同，情味中年别"可对"情"字令。

"浅画镜中眉，深拜楼西月"可对"月"字令。

飞花令·清新婉丽品宋词

# 彩扇红牙今都在，恨无人、解听开元曲

"彩扇红牙今都在，恨无人、解听开元曲"出自蒋捷的《贺新郎》。一个"都在"写出物是人非，这种感慨又融合进了"恨无人、解听"。

## 贺新郎
### 蒋 捷

梦冷黄金屋①。叹秦筝、斜鸿阵里，素弦尘扑。化作娇莺飞归去，犹认纱窗旧绿。正过雨、荆桃如菽②。此恨难平君知否？似琼台、涌起弹棋局③。消瘦影，嫌明烛。

鸳楼碎泻东西玉④。问芳踪、何时再展，翠钗难卜。待把宫眉横云样，描上生绡⑤画幅。怕不是、新来妆束。彩扇⑥红牙今都在，恨无人、解听⑦开元曲。空掩袖，倚寒竹⑧。

## 【注释】

①黄金屋：形容极其富贵奢华的生活环境。

②菽（shū）：豆类的总称。

③弹棋局：弹棋，古博戏，此喻世事变幻如棋局。

179

④东西玉：据《词统》："山谷诗：佳人斗南北，美酒玉东西。"玉东西即酒器，亦指酒。

⑤生绡：未漂煮过的丝织品。古时多用以作画，因亦以指画卷。

⑥彩扇：丝绢所制，用作歌舞道具。

⑦解听：听懂。

⑧倚寒竹：出自杜甫诗："天寒翠袖薄，日暮倚修竹。"

## 【译文】

梦中的黄金屋已经变得凄凉，感叹秦筝上斜排的弦柱像是大雁排阵，洁白的琴弦蒙上了灰尘。她化作娇莺飞走了，依旧能够辨别出昔日绿色纱窗。窗外吹过细雨，樱桃像是红豆子一般。这相思仇恨令人难以平静，你可知道？它像是琼玉棋枰，棋局不定。孤灯照出我消瘦身影，我总嫌那烛光太亮。

在鸳鸯楼上碰杯饮酒，没想到玉杯碎了，美酒都洒了出来。想要问一问她的行踪，什么时候才能再相见？不知何时才能再遇头上簪翠钗的身影。想要将宫眉画成纤云模样，生绡画幅描绘她的脸，只恐不是当下最流行的妆容。歌舞的道具、牙板都在，只恨没有人能够听懂开元盛曲。空掩着袖子擦拭着眼泪，独自倚靠寒冷的翠竹。

## 【赏析】

这是首抒发亡国之痛的词，作者通过隐喻手法，以伊人自拟。上片写梦中回到故宫，心生亡国之痛；下片追忆往事，在酒楼中分别。

上片"梦冷黄金屋"，追忆一位美人，而此"黄金屋"指代陈阿娇的故事，此处不仅表达了作者对美人的思念，更是对故国的思念。起句包含了作者对故国凄凉之伤悲。"叹秦筝、斜鸿阵里，素弦尘扑"，写室内场景，看着曾经的秦筝如今布满灰尘，令作者甚是感慨，一个"叹"字，以实景写出了虚景。"化作娇莺飞归去"，作者做了大胆想象，独具匠心，金屋冷寂、秦筝布尘，皆化为娇莺鸟所见。"此恨难平

180

君知否？似琼台、涌起弹棋局"中的"此恨难平"归结上述种种事情，此处作者由写景进入抒情，表达内心积愤难抒。"消瘦影，嫌明烛"给读者刻画了消瘦的人物形象，描绘了凄凉场景。

下片"鸳楼碎泻东西玉"描写了杯碎酒泻场景，暗指宋朝灭亡。"问芳踪、何时再展"，和伊人分离，也暗指永别故国，同时表现作者渴望再次和伊人相见。但"翠钗难卜"说明作者的这一愿望很难实现。"彩扇红牙今都在"，东西都在，但物是人非，作者百感交集，"恨无人、解听开元曲"，此处抒发情感。"空掩袖，倚寒竹"，借助竹子比喻自己的高风亮节风格。

整首词意境幽怨，属于婉约风格，字里行间都表现了作者对故国的思念之情。本首词看似用字婉转，实则表达得却很细致、深入。

【飞花解语】

"似琼台、涌起弹棋局。消瘦影，嫌明烛"可对"影"字令。

# 鸳鸯密语同倾盖，且莫与、浣纱人说

"鸳鸯密语同倾盖，且莫与、浣纱人说"出自张炎的《疏影·咏荷叶》。这两句话写出了片片荷叶之间的关系，"鸳鸯密语"写出了自然间的欢快之事，"浣纱"借指隐士，写出了作者心中的满腔仇恨。

## 疏影① · 咏荷叶

### 张 炎

碧圆自洁。向浅洲远渚，亭亭清绝。犹有遗簪，不展秋心，能卷几多炎热。鸳鸯密语同倾盖②，且莫与、浣纱人说。恐怨歌、忽断花风，碎却翠云③千叠。

回首当年汉舞，怕飞去、谩皱留仙裙折④。恋恋⑤青衫，犹染枯香，还叹鬓丝飘雪。盘心清露如铅水，又一夜、西风吹折。喜静看、匹练秋光，倒泻半湖明月。

**【注释】**

①疏影：词牌名，亦称绿意、解佩环等。姜夔自度"仙吕宫"曲，与《暗香》为组曲，有乐谱传世。双调110字，前片五仄韵，后片四仄韵，例用入声部韵。

②倾盖：二车相邻，车盖相交接，表示一见如故。

③翠云：指连片相叠的荷叶。

④留仙裙折：此指荷叶多皱褶，也指多褶裙。《赵后外传》："后歌归风送远之曲，帝以文犀箸击玉瓯。酒酣风起，后扬袖曰：'仙乎仙乎，去故而就新。'帝令左右持其裙，久之，风止，裙为之皱。后曰：'帝恩我，使我仙去不得。'他日宫姝或襞裙为皱，号'留仙裙'。"

⑤恋恋：顾念，依依不舍。

**【译文】**

碧绿圆荷叶是那样的洁净，向着浅洲遥远水边，婷婷摇曳，清姿妙绝。刚长出的荷叶像美人掉落的玉簪，抱着一片心田，能够将多少炎热卷掩？两片伞盖状荷叶像是鸳鸯一般亲密细语，暂时不要向浣纱女子说起。只恐怕花风吹断幽怨的歌声，将荷丛搅碎，像翠云一样。

回首当年在汉宫起舞，天子怕大风吹走舞袖的赵飞燕，叫人拽住其舞裙，自此"留仙裙"流传后世。我眷恋自己的一领青衫，沾染枯荷香味，感叹鬓丝发白如雪。绿盘中心的清澈露水像是点点清泪，又是一夜西风将它吹断。我喜欢看洁净的月光，如同白色匹练，倒泻在半个湖面中。

**【赏析】**

这首词是作者在南宋覆灭之后而作，当时他隐居在浙江一带。这是一首咏物词，寄托了作者渴望归隐的意愿。上片写了荷叶的神态，下片

182

写枯竭的荷叶。

上片"碧圆自洁。向浅洲远渚，亭亭清绝"刻画了荷叶铺满整个荷塘的场景。"犹有遗簪，不展秋心，能卷几多炎热"，作者刻画了嫩绿的荷叶还没来得及舒展的画面。"鸳鸯密语同倾盖，且莫与、浣纱人说"，从中不难看出作者对荷叶的怜惜之情。

下片"恋恋青衫，犹染枯香，还叹鬓丝飘雪。盘心清露如铅水，又一夜、西风吹折"，抒发了作者对自己年老却一事无成的不满。同时，以荷叶不惧风摧折依然伫立在水中，暗指作者想要归隐。

整首词色彩明亮，充满乐观情绪，通过咏荷叶抒发自己不愿苟同世俗的情怀。整首词如同一幅画卷，给人以美好意境。

**【飞花解语】**

"恋恋青衫，犹染枯香"可对"香"字令。

"盘心清露如铅水，又一夜、西风吹折"可对"夜"字令、"风"字令。


# 太液池犹在，凄凉处、何人重赋清景

"太液池犹在，凄凉处、何人重赋清景"出自王沂孙的《眉妩·新月》。作者回顾往事，表达了无限怀念之情。一个"犹"字写出景依在，但此景非彼景。"何人重赋清景"意在感叹南宋不复存在。


## 眉妩①·新月

### 王沂孙

渐新痕②悬柳，淡彩穿花，依约③破初暝④。便有团圆意，深深拜，相逢谁在香径？画眉未稳，料素娥⑤、犹带离恨。最堪爱、一曲银钩⑥

小，宝帘挂秋冷。

千古盈亏休问。叹慢⑦磨玉斧，难补金镜。太液池犹在，凄凉处、何人重赋清景？故山⑧夜永。试待他、窥户端正。看云外山河⑨，还老尽、桂花影。

## 【注释】

①眉妩：词牌名，一名百宜娇。宋姜夔创调，曾填《戏张仲远》一首，词咏艳情。双调103字，仄韵。

②新痕：指初露的新月。

③依约：仿佛，隐约。

④初暝：夜幕刚刚降临。

⑤素娥：嫦娥的别称，也是月的代称。

⑥银钩：指弯月。

⑦慢：同"谩"，徒劳之意。

⑧故山：故国山河。

⑨云外山河：月中阴影。暗指辽阔的故国山河。

## 【译文】

一轮新月渐渐悬挂在柳树枝头，像是眉毛痕迹。浅淡的月光穿过花丛中，划破暮色。新月让人产生了团圆的念头，闺中伊人深深向明月祈祷，希望能够和心上人在香径相逢。新月像伊人未画完的眉毛，月光带着离愁别绪。最让人喜欢的是，明镜般的空中，一弯月牙像银钩似的，小巧玲珑。

月有阴晴圆缺，自古以来一直如此，不必细问缘由。我叹息吴刚白白磨着玉斧，也难补足缺少的月亮。太液池还在，不过一片凄凉，谁能重新赋诗描写昔日美景？故国的深夜漫长悠永，山河沉静在夜晚，我期待满月，端正照射到我门前。只可惜月影中的山河无限，我已变老，只能在月影中看到故国情形。

## 【赏析】

这是一首咏月之词，寄托了作者悲痛山河破碎之情，这首词大约在南宋灭亡前夕创作。上片写了新月，下片借月抒情。

上片"渐新痕悬柳，淡彩穿花，依约破初暝"描写了新月初升空中的场景，给人以柔美氛围，一个"渐"字写出了新月升入空中的动态。作者迫切想要"团圆意"，然而"相逢谁在香径"，展现了作者的失落。而此时"画眉未稳，料素娥、犹带离恨"，月色也染上了人的凄凉，情景也变得与心情一般。"画眉未稳"承接上片的"新痕"，给人以朦胧意境。"一曲银钩小"，作者爱惜新月，从"小"不难看出作者的心意。

下片"千古盈亏休问"，作者以这句话概括了月亮变化及人生无常，表达了自己对短暂人生的感慨。"叹慢磨玉斧，难补金镜"，此处以玉斧修月来形容复国之事，"难补金镜"表明月亮难以补全，复国希望也很渺茫，不难看出作者心中的悲哀。"太液池犹在，凄凉处、何人重赋清景"，回顾宋帝赏月之事，让作者感叹物是人非。"故山夜永"，从侧面写出了对亡国的伤痛之情。漫长夜晚中，内心备受亡国之煎熬。"桂花影"，传说在月上有桂树，此处指代地上的月光，也表达了作者哀国之痛。

作者从看到新月引发相关人情世故，继而借月抒发自身爱国情怀。

## 【飞花解语】

"渐新痕悬柳，淡彩穿花，依约破初暝"可对"花"字令。

"故山夜永。试待他、窥户端正"可对"夜"字令。

"看云外山河，还老尽、桂花影"可对"花"字令。

飞花令·清新婉丽品宋词

# 情

人们之所以如此喜爱古诗词，大概是因为能从其中感受到作者真挚的感情。在作者笔下，那些没有生命的草木也变得活灵活现。虽然每首诗词都蕴含了感情，但是在遇到"情"字令时，不少人却犯了难。这大概是因为古人的感情比较含蓄，很少出现直接描写"情"的句子。然而，这样的句子虽然少，但也不是没有，如张先的"伤高怀远几时穷？无物似情浓"，周紫芝的"情似游丝，人如飞絮"。若你能先熟悉这些句子，在行"情"字令时，你就能战无不胜了。

## 情怀渐觉成衰晚，鸾镜朱颜惊暗换

"情怀渐觉成衰晚，鸾镜朱颜惊暗换"出自钱惟演的《木兰花》。一个"渐"字，让读者贴切感受到随着时间的推移，"朱颜"已"暗换"，更是突出后面的"衰晚"。

### 木兰花

#### 钱惟演

城上风光莺语乱，城下烟波春拍岸。绿杨芳草几时休，泪眼愁肠先已断。

186

情怀渐觉成衰晚，鸾镜<sup>①</sup>朱颜惊暗换。昔年多病厌芳尊<sup>②</sup>，今日芳尊惟恐浅。

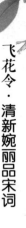

## 【注释】

①鸾镜：装饰了鸾鸟图案的妆镜。

②芳尊：盛满美酒的酒杯，也指美酒。

## 【译文】

春光中的城墙上莺鸟啼叫，城下的碧波拍打着河岸。绿杨杂花野草都已残败，我已经满眼泪水愁肠寸断。

人衰老时感觉美好的情怀都消失了，对着鸾镜看着红颜暗自变换。往日常生病不喜欢举杯喝酒，如今却总是担心酒杯中的酒不满。

## 【赏析】

这首词是作者晚年所作，抒发了惜春之感。整篇采用比兴手法，表达作者对时间流逝的感慨，写出了作者的凄凉心境。上片主要写景，下片主要抒情。

上片中"城上风光莺语乱，城下烟波春拍岸"，这两句描写了春意盎然情景，简单勾勒出了春景，"乱""拍"二字使用很妙，给人以动感。同时，作者结合看到的"风光"及听到的"莺语乱"，将听觉、视觉对比，表达了作者此刻的心情。然而眼前的春景没有让作者沉醉于此，反而触动了他的愁绪。"绿杨芳草几时休，泪眼愁肠先已断"，作者开始抒情，很多诗词中都会用"芳草"比喻心中愁绪，而作者此处用得甚妙，他用芳草渲染愁肠。同时，此处由景入情，过渡自然。

下片"情怀渐觉成衰晚，鸾镜朱颜惊暗换"亦是抒情，作者从其志向及身体两个方面说明自己已经衰老，更添一丝伤感。"昔年多病厌芳尊，今日芳尊惟恐浅"，此处作者想要以酒消除心中的惆怅，此处也是全篇出彩的地方，它写出了新意。作者今夕对酒的态度，形成鲜明对比。

全词以景入情，层层递进，最重要的是整首词景真、情真。

## 【飞花解语】

"城下烟波春拍岸"可对"春"字令。

# 伤高怀远几时穷？无物似情浓

"伤高怀远几时穷？无物似情浓"出自张先的《一丛花令》。起笔赋予浓重情感，"伤高怀远"突出主旨，而"无物似情浓"是指当经受各种情感之后，作者对情产生了深层次理解，认为世间没有什么事物能够代替浓情。

## 一丛花令①

### 张　先

伤高怀远几时穷？无物似情浓。离愁正引千丝②乱，更东陌③、飞絮蒙蒙。嘶骑渐遥，征尘④不断，何处认郎踪？

双鸳池沼水溶溶，南北小桡⑤通。梯横画阁黄昏后，又还是、斜月帘栊。沉恨细思，不如桃杏，犹解⑥嫁东风。

## 【注释】

①一丛花令：词牌名。双调，78字，前后段各七句，四平韵，以张先"不如桃杏，犹解嫁东风"一首最为有名。

②千丝：以杨柳的千丝万缕，观照愁情的千丝万缕。

③陌：阡陌，田间小路。

④征尘：旅途中的尘土。

⑤桡：船桨，此以之代船。

⑥解：会，能。

## 【译文】

什么时候才能不去高楼眺望远处呢？世上没有任何事物能够比爱情更为浓烈。离愁别恨如同柳条一般千丝万缕，更何况是在东陌之上呢，柳絮纷飞。眼前浮现出你骑着马儿越来越远，尘土不断飞扬的情景，在哪里才能让我找寻到情郎的踪迹呢？

池水溶溶，一对鸳鸯戏水，水流通向南北，不时见小船划过。黄昏时，画阁上的楼梯撤去，依旧独自面对窗枕，看着斜月。心怀深怨，我反复思量，为什么我的命运不像桃花、杏花一般，它们可以嫁给东风，随风飘落。

## 【赏析】

这首词叙写了闺中离别之情，上片写离别忧愁，下片写离别之后的恨意。

上片"伤高怀远几时穷"写出了离别时间较长，忧郁萦绕心中。"无物似情浓"这句对应上句的"几时穷"，开头两句彰显了感情至深，点明主旨。"离愁正引千丝乱，更东陌、飞絮蒙蒙"，女主人公将心中愁绪比作眼前柳絮，一个"乱"字写出了她此刻的心情。同时，读者也可以看出主人公愁之浓，使愁绪带动柳枝飘动，将情绪外化。

下片"双鸳池沼水溶溶"这句是写主人公眼前之景，"双鸳"道出了主人公看着眼前景，想到昔日恩爱场景，不免心中油然产生悲感。"南北小桡通。梯横画阁黄昏后，又还是、斜月帘栊"是写主人公所处环境，字句中渗透孤单情绪。"又还是"，不难看出主人公曾经常和心上人共赏明月，如今只能独自回忆。结尾两句，写出了主人公羡慕桃花、杏花能够随风飘荡，而自己的青春容貌只能在等待中消逝。其实细细琢磨，还可以理解为主人公感叹自己不能掌控自己的命运，导致自己日日犯愁。

　　"双鸳池沼水溶溶，南北小桡通"可对"水"字令。

　　"沉恨细思，不如桃杏，犹解嫁东风"可对"风"字令。

# 多情自古伤离别，更那堪，冷落清秋节

　　"多情自古伤离别，更那堪，冷落清秋节"出自柳永的《雨霖铃》。作者将个人悲苦情感融入自然规律当中，令读者真切感受其中情感，此句有别于苏轼的"人有悲欢离合，月有阴晴圆缺，此事古难全"。

## 雨霖铃①

### 柳 永

　　寒蝉凄切，对长亭晚，骤雨初歇。都门②帐饮③无绪，留恋处，兰舟④催发。执手相看泪眼，竟无语凝噎⑤。念去去、千里烟波，暮霭沉沉楚天阔。

　　多情自古伤离别，更那堪，冷落清秋节！今宵酒醒何处？杨柳岸、晓风残月。此去经年⑥，应是良辰好景虚设。便纵有、千种风情⑦，更与何人说？

【注释】

　　①雨霖铃：词牌名，也写作雨淋铃，节选自《乐章集》。曲调自身就具有哀伤的成分。此调三体，双调、103字正体。

　　②都门：即京都，此指汴京近郊。

③帐饮：指设帐宴别。

④兰舟：以木兰造舟，极言船的美好。

⑤凝噎：中情凝结，语言哽咽。

⑥经年：年复一年。

⑦风情：情意，浓情蜜意。

## 【译文】

秋蝉对着长亭鸣叫，叫声是那样的凄凉，已是傍晚时分，急促的雨刚停止。京城郊外设立了帐篷饯行，但我没有畅饮的心情，依依不舍之际，船上的人催着我出发。相互握着手泪眼相对，说不出话来，喉咙哽咽。想着这一去，千里迢迢，烟波浩渺，暮霭中的天空茫茫一片。

自古以来多情的人在离别中总是最伤心的，更何况现在还是瑟瑟秋季呢！今晚酒醒之后不知会在何处，只怕身边只有杨柳岸、残月、晨风而已。这一别又是一年，相爱之人不能在一起，即便有好的天气、风景，却不过是摆设。即便心中满腹情意，又向谁来叙说呢？

## 【赏析】

这首词写了在汴京惜别恋人，上片写到分离场景，下片写到离别后的场景。

上片"寒蝉凄切，对长亭晚，骤雨初歇"这三句话写出了离别时的场景，作者通过景物刻画，渲染别离气氛，衬托心中悲凉思绪，可谓是融情入景。"留恋处，兰舟催发"，以精练字词刻画了离别在眼前。船上之人的催促声，让两者之间矛盾尖锐，更突出恋人之间感情深厚。以至于后面"执手相看泪眼，竟无语凝噎"，语言通俗，却让读者领会到当时情景，如身临其境。"念去去、千里烟波，暮霭沉沉楚天阔"，能够从中读出主人公对离别的不舍。"千里""天阔"写出了离别之后，相距甚远，难以相见。

下片"多情自古伤离别，更那堪，冷落清秋节"中的"更那堪"

增添了感情色彩，以景寓情。"今宵酒醒何处？杨柳岸、晓风残月"
描写了凄凉画面，这是作者的想象场景，送别之后，只有作者一人在
柳岸边，看着湖面。头顶残月、晨风吹来，画面充满凄凉之感。"此去
经年，应是良辰好景虚设。便纵有、千种风情，更与何人说"，写出了
作者对离别之后的感慨，"此去"照应上片"念去去"，层层递进，让
情感不断升华。

　　这首脍炙人口的词具有特殊艺术特色。作者将情融入景中，将离愁
别绪通过画面呈现，给人以诗意美。全词叙事清晰，以画面烘托情感，
最后两句为全词增添色彩，不愧为千古佳句。

**【飞花解语】**

　　"寒蝉凄切，对长亭晚，骤雨初歇"可对"雨"字令。

　　"便纵有、千种风情，更与何人说"可对"风"字令、"人"字令。

# 夜月一帘幽梦，春风十里柔情

　　"夜月一帘幽梦，春风十里柔情"出自秦观的《八六子》。"幽
梦"回忆昔日爱情，"柔情"写出了春风荡漾。这首词语言清新，通俗
易懂，写作手法上情景交融、深入人心、独具匠心。

## 八六子①
### 秦　观

　　倚危亭，恨如芳草②，萋萋刬③尽还生。念柳外青骢④别后，水边红
袂⑤分时，怆然暗惊。

　　无端天与娉婷⑥，夜月一帘幽梦，春风十里柔情。怎奈向⑦、欢娱渐

随流水，素弦声断，翠绡香减；那堪片片飞花弄晚，蒙蒙残雨笼晴。正销凝⑧，黄鹂又啼数声。

## 【注释】

①八六子：词牌名，杜牧始创此调，又名感黄鹂。

②恨如芳草：李煜《清平乐》："离恨恰如春草，更行更远还生。"

③刬（chǎn）：同"铲"。

④青骢（cōng）：毛色青白相间的马。

⑤红袂（mèi）：红色的衣袖，此处指佳人。

⑥娉（pīng）婷：美好的样子，指美人。

⑦怎奈向：即怎奈、如何。宋人方言，"向"字为语尾助词。

⑧销凝：即销魂、凝魂之约辞。

## 【译文】

我倚靠在高高的亭子中，心中怨恨如同芳草一般，铲除后还是会重新长出。想到柳树外骑马离别的场景，想到在水边和红袖佳人分别的场景，我悲痛万分。

美人，上天为什么给你如此美貌，昔日夜中，我们共醉幽梦，十里春风吹拂着你我。怎奈，昔日欢乐已随流水而去，听不到你弹奏的琴声，绿纱巾上的香味消减。暮春时节，残花飞落在夜空当中，蒙蒙细雨下着下着又晴了。我正凝思在浓愁中，只听得黄鹂传来几声啼叫。

## 【赏析】

这首词表达了作者的相思之愁，为怀人而作。这首词描写了作者和爱恋歌女离别的相思之情，以心中的"恨"字开始阐述。上片写了在亭中忆昔日离别场景，而下片追忆离别前恋人间的柔情，并展现此刻只身一人的苦楚。

上片"倚危亭，恨如芳草，萋萋刬尽还生"，刻画了此刻独自站立在危亭中的情景，浓浓忧愁积压心头，由"芳草"可见作者心中的愁苦，此处的"刬尽还生"可谓是神来之笔，活灵活现地展现了心中的愁苦程度。

　　下片"无端天与娉婷，夜月一帘幽梦，春风十里柔情"，作者追忆了昔日和心上人游乐的场景，由"无端"二字可见作者对心上人爱慕至深。"怎奈向、欢娱渐随流水"写出了作者对过往美好时光的感慨。"那堪片片飞花弄晚，蒙蒙残雨笼晴"叙写了眼前情景，此景凄迷，而此刻作者心情伤悲，不免强化作者悲凉情绪，将情融入了景中。此处的"弄"字用得巧妙、贴切，细读后令人遐想。

　　整首词言辞清新，别有新意，将相思写得惟妙惟肖。

**【飞花解语】**

　　"那堪片片飞花弄晚，蒙蒙残雨笼晴"可对"花"字令、"雨"字令。

# 两情若是久长时，又岂在朝朝暮暮

　　"两情若是久长时，又岂在朝朝暮暮"出自秦观的《鹊桥仙》。此为本篇佳句，当对"情"字令时，人们第一时间就能想到它。这两句写了两人若情真，不必时刻在一起，可见真情是经得起考验的。

## 鹊桥仙
### 秦　观

　　纤云①弄巧②，飞星③传恨，银汉迢迢暗度。金风玉露一相逢，便胜却人间无数。

　　柔情似水，佳期如梦，忍顾④鹊桥归路？两情若是久长时，又岂在朝朝暮暮⑤。

**【注释】**

①纤云：轻盈的云彩。

②弄巧：指云彩在空中幻化成各种巧妙的花样。

③飞星：牛郎、织女星不停地闪烁。

④忍顾：怎忍回视，表示不忍分离。

⑤朝朝暮暮：指朝夕相聚。语出宋玉《高唐赋》。

**【译文】**

轻盈的云彩在天空中变化多端，牛郎织女星不断闪烁，仿佛传递着相思之恨，今夜我悄然渡过遥远的银河。秋风雨露七夕相逢，胜过人世间长相守却貌合神离的夫妻。

柔情似水，相会的日期短暂得像梦一样，离别时不忍看鹊桥路。只要两情至死不渝，怎会贪求朝暮相守。

**【赏析】**

这首词以不凡的方式，展现了人世间的悲欢离合，遣词造句独特，立意高远。

上片"纤云弄巧"写出了美丽的云朵，而"飞星传恨"写出作者不得和心上人共赏此番美景。天上的"飞星"为相思人传递彼此的情意。"银汉迢迢暗度"写出了牛郎织女相距甚远，"迢迢"写出了辽阔银河，烘托了相思之深、之苦。"暗度"点明七夕旨意。"金风玉露一相逢，便胜却人间无数"写出了久别之后的情人相见之时，觉得时间是那样的珍贵，同时赞美了永恒的爱情，以"金风玉露"衬托此种爱情的高洁神圣。

下片"柔情似水"写出了相见时两人之间的浓浓情意，如同流水一般，照应了上片中的"银汉迢迢"。然而"佳期如梦"，相见亦难，而分别如此之快，写出了离别情人之间的复杂心情。"忍顾鹊桥归路"写出了情人不舍离去，"忍"字写出了不舍。"两情若是久长时，又岂在朝朝暮暮"，此两句写出了爱情的真谛，爱情是经得起时间、距离的考验的，如果彼此相爱，即便不在一起，心中都会想着对方，如同自己的影子一般，看似别离，却时刻在一起。

整首词将议论、写景、抒情融为一体，叙写了牛郎织女爱情故事，整体通俗易懂。作者讴歌了美好爱情，表达了自己的爱情观，感人至深。

## 【飞花解语】

"柔情似水，佳期如梦"可对"水"字令。

# 情似游丝，人如飞絮

"情似游丝，人如飞絮"出自周紫芝的《踏莎行》。将情比作游丝理不清，将人比作飞絮，指代飘忽不定，这两句是对总体的概括。整首词抒发了离愁别绪，全词凄迷，愁思无限，给人以遐想。

## 踏莎行
### 周紫芝

情似游丝①，人如飞絮，泪珠阁②定空相觑。一溪烟柳万丝垂，无因③系得兰舟住。

雁过斜阳，草迷烟渚④，如今已是愁无数。明朝且做莫思量，如何过得今宵去？

## 【注释】

①游丝：暮春时节，蜘蛛等昆虫之丝飞扬到空中，这里形容离别之情。

②阁：同"搁"，停住。

③无因：没有法子。

196

④烟渚：雾气笼罩的水中小块陆地。

## 【译文】

离情如同飞舞的游丝，离人如同飘飞的柳絮，离别时的泪水像是停住了，两人对视着。河溪中的烟雾笼罩着千丝万缕的杨柳，却无法留住木兰舟。

夕阳斜照下，大雁飞过，烟雾笼罩着沙洲，树草甚是迷离。如今心中离愁甚多，暂时不要想明日，应该想想今晚该如何度过。

## 【赏析】

这首词表达了女子送别之情，上片写了分别的悲痛，下片写了离别后的愁肠。

上片"情似游丝，人如飞絮"，作者通过两个比喻，写出了分别时的心情。"情似游丝"写出了两人之间的情意深厚，难舍难别；而"人如飞絮"写出人的漂泊不定的情形。"泪珠阁定空相觑"依旧是刻画离别场景，一个"空"字传递出离别两人之间不舍，但离别是必然，烘托了离别的凄凉气氛。"一溪烟柳万丝垂，无因系得兰舟住"，这是写离别之人乘着小舟离去，送别之人站在岸边，奢望柳丝能拴住小舟。

下片"雁过斜阳，草迷烟渚"写出了送别之后的场景，此处留给人迷离场景，让人充满遐想。"如今已是愁无数"中的"如今"承接下文"明朝且做莫思量，如何过得今宵去"，作者担心愁思会长伴自己，进而思考自己该如何度过今晚的漫漫长夜。

整首词愁思无限，用词婉转，描绘了一幅凄美画卷。

## 【飞花解语】

"情似游丝，人如飞絮"可对"人"字令。

"一溪烟柳万丝垂，无因系得兰舟住"可对"无"字令。

"雁过斜阳，草迷烟渚，如今已是愁无数"可对"无"字令。

# 酒香无影

酒

"把酒祝东风，且共从容"，其实，单是品味这一句，人们就能理解古人为何那么喜欢行"酒"字令。亲友即将远行，自己心中有千言万语，却不知该如何表达，所以提议行"酒"字令，借古人的诗句表达自己当下的感情。

## 把酒祝东风，且共从容

"把酒祝东风，且共从容"出自欧阳修的《浪淘沙》。一个"共"字使用得很有新意，作者写了自己游洛阳东郊，饮酒之后对离别相聚的感慨。全词有淡淡忧愁，一气呵成，深情如水。

### 浪淘沙①
#### 欧阳修

把酒②祝东风，且共从容③。垂柳紫陌④洛城东。总是当时携手处，游遍芳丛。

聚散苦匆匆，此恨无穷。今年花胜去年红。可惜明年花更好，知与谁同？

**【注释】**

　　①浪淘沙：唐教坊曲名，后用为词牌，亦称卖花声、过龙门。双调54字，平韵。

　　②把酒：端起酒杯。

　　③从容：留恋，不舍。

　　④紫陌：泛指郊野的大路。

**【译文】**

　　端起酒杯向东方祈祷，希望你能多留一些时间。洛阳城东郊外的垂柳大路，是去年我们共同携手的地方，我们游遍了那里的花丛。

　　聚散总是如此匆忙，心中总是无尽遗恨。今年的花比去年的花开得好，明年的花儿会更好，可惜不知和谁一起共赏。

**【赏析】**

　　这首词是写悲欢离合，抒发了人生聚散无常的感慨。上片回忆昔日春游之景，下片叙写今年春游之事的所见所感。

　　上片"把酒祝东风，且共从容"写出了好友间把酒言欢的场景，一个"祝"字可见相聚之难。"垂柳紫陌洛城东"点明了相聚地点，而"垂柳""紫陌"点明了春游途中的风景。同时，"垂柳"对应前面的"东风"，杨柳随风飘扬，景色宜人，正可谓春游好时机。而"游遍芳丛"中的"游遍"二字，不难看出作者想要将如此好的风景全部游览完，可见其兴致之高昂。

　　下片中"聚散苦匆匆，此恨无穷"说明了相聚的时间短暂，如此匆忙相见、离别，增添人心中无限愁思。此处的"此恨无穷"不仅仅是指作者不忍离别之苦，更指所有面临离别的人都有此感触。作者抒发此感慨，字句间不难看出两人情意之浓厚。"今年花胜去年红。可惜明年花更好，知与谁同"描写了眼前花开的场景，这里的"去年"指代上片中的"当时"。在此不难发现，作者与故人离别已经有一年之久。花儿年年开，友人不常见，如此美好的花儿，却无人伴自己观赏。作者写繁花茂盛，从侧面表达了心中的苦闷。"可惜明年花更好"，言外之意就是，明年花儿会更好，但不能和友人相聚，赏花又有什么意思呢？同时，作者表达了自己在明年此时，将不知身处何地，是对自己身世的一种感叹。

　　作者通过对比三年的花儿，写出了对花儿的爱惜，表达了离别的惆怅。结构新颖，构思巧妙，作者用词婉转，细腻地表达了他对友谊的珍惜。

**【飞花解语】**

　　"今年花胜去年红。可惜明年花更好"可对"花"字令。


# 一曲新词酒一杯，去年天气旧亭台


　　"一曲新词酒一杯，去年天气旧亭台"出自晏殊的《浣溪沙》。前句为眼前之景，后句为回忆，今昔对比，抒发了物是人非的怀旧之感。本词篇幅短小精悍，词中都是司空见惯的景物，却包含哲理，启迪人们深入思考人生。

## 浣溪沙
### 晏　殊

一曲新词酒一杯，去年天气旧亭台。夕阳①西下几时回？
无可奈何②花落去，似曾相识③燕归来。小园香径④独徘徊。

**【注释】**

　　①夕阳：落日。

　　②无可奈何：不得已，没有办法。

202

③似曾相识：好像曾经认识，形容曾经见过的事物再度出现。

④香径：指落花散香的小径。

## 【译文】

听着新曲子，喝着美酒，去年的天气，旧日的亭台。夕阳落下了，还有多久能升起？

花儿落去也是不得已，我好像认识归来的燕子。独自徘徊在带有花香的小路上。

## 【赏析】

作者通过惜花怜春，感慨时光流逝，物是人非。上片主要写今昔对比，重在回顾昔日；下片写眼前所见之景，重在伤今。

上片"一曲新词酒一杯，去年天气旧亭台"，此两句描写了对酒当歌的场景，轻快的语调中不难看出作者此时心情不错，"新"字和"旧"字形成对比，将如今的新曲和旧日的亭台做对比。字句之间，能够读出作者对昔日往事的追忆。"夕阳西下几时回"，这是作者描写了眼前的夕阳场景，景物依旧美好，然而时间却在分秒中流逝，物是人非。"几时回"，夕阳会落下，作者只恳求太阳能够再次升起，同时，这三个字折射了作者的企盼之情。

下片"无可奈何花落去，似曾相识燕归来"，花儿凋零、燕子归来这是万物自然规律，是没有任何办法扭转的。这两句话是奇偶句，字词间对仗工整，耐人寻味。"无可奈何"照应上文的"夕阳西下"，以感叹时光流逝岂是人为可扭转；而"似曾相识"对照上文的"几时回"，意为即便时光消逝，美好的事物依旧可以再现。这两句中不仅写美好事物容易流逝，同时告诉人们，世界是平衡的，你失去的同时也会得到一些，人生总是丰富多彩的。"小园香径独徘徊"，刻画了作者独自一人徘徊在带有落花的小路上的情景，"徘徊"二字可见作者心中带有一丝哀愁。

这首词情中带思，通过对常见事物的刻画，令人读后若有所思。整首词通俗易懂，蕴含哲理，给人以启迪和美的感受。

**【飞花解语】**

"无可奈何花落去，似曾相识燕归来"可对"花"字令。

# 为君持酒劝斜阳，且向花间留晚照

"为君持酒劝斜阳，且向花间留晚照"出自宋祁的《木兰花·春景》。"劝""留"写出了作者留恋美好春光，希望夕阳多照耀花丛。这首词洋溢着珍惜青春、热爱生活的情感。作者用词细腻，如一个"闹"字，给人生动、贴切的感受。

## 木兰花·春景
### 宋 祁

东城渐觉风光好，縠皱①波纹迎客棹②。绿杨烟外晓寒轻，红杏枝头春意闹。

浮生长恨欢娱少，肯爱千金轻一笑。为君持酒劝斜阳，且向花间留晚照。

**【注释】**

①縠（hú）皱：即绉纱，指波纹像绉纱。

②棹：船。

**【译文】**

东城风光越来越好，绉纱般的水波随着船儿慢慢摇晃。绿色柳条儿

在晨雾中轻摇，红杏开满枝头，春意盎然。

只恨人生短暂，欢娱过少，为什么要吝惜金钱而轻视快乐呢？让我们端起酒杯挽留夕阳，请它留下来继续照耀花丛吧。

## 【赏析】

这首词写人生短暂，应及时行乐。

上片"东城渐觉风光好"写出春光无限好，第二句采用比喻手法，将水波写得活灵活现。结尾两句分别写了杨柳、红杏。一个"闹"字写出了全篇的意境，衬托了春意浓重。作者采用拟人手法，将大好春光生动刻画。

下片"浮生长恨欢娱少"写出作者感慨人生短暂，"肯爱千金轻一笑"，此处采用了典故。结尾两句写出了作者在这次春游中很尽兴，他高举酒杯想要恳请太阳多停留一会儿，表达了作者对春光的留恋。

整首词辞藻并不华丽，但是淋漓尽致地表达了人生短暂、难舍春光的意境，具有很高的艺术价值。

## 【飞花解语】

"东城渐觉风光好，縠皱波纹迎客棹"可对"风"字令。

"绿杨烟外晓寒轻，红杏枝头春意闹"可对"春"字令。

# 梦后楼台高锁，酒醒帘幕低垂

"梦后楼台高锁，酒醒帘幕低垂"出自晏几道的《临江仙》。"梦后"和"酒醒"相对，"楼台"和"帘幕"相对，"高"和"低"相对，可见作者在填字时十分用心。这首词抒发了作者对歌女小蘋的怀念之情，篇幅不长，但感情真挚。

# 临江仙

晏几道

梦后楼台高锁，酒醒帘幕低垂。去年春恨却①来时。落花人独立，微雨燕双飞。

记得小蘋②初见，两重③心字罗衣。琵琶弦上说相思。当时明月在，曾照彩云④归。

**【注释】**

①却：正当、恰巧。

②小蘋：歌女名。

③两重：两层。

④彩云：比喻美人，指小蘋。

**【译文】**

醉梦中醒来后看着低垂的帘幕，紧锁的高楼。去年春天离别的愁恨正好出现在此时。想起她独自站立在凋零的花中，细雨中燕子双双飞过。

记得和小蘋第一次见面的时候，她穿着两重心字罗衣。弹着琵琶述说着自己心中的相思之情。当初见面时的明月现在依旧在空中，而我思念的人儿什么时候能够回来。

**【赏析】**

整首词是写作者对歌女小蘋离别之后的思念之情。上片写了离别之后的孤独之情，下片写往事，抒发了相思之愁。

上片"梦后楼台高锁，酒醒帘幕低垂"给人以朦胧视觉，"梦""帘幕低垂"都具有模糊的印象，而作者通过描写不同的事物，传递出自己对小蘋的思念之情。醒来后，看着高楼低垂的帘幕，想起意中人并不在高楼中，"高锁"可见作者心中的落寞之情。"去年春恨却

来时”，由此句中的“去年”可知两人很久之前就认识。此处的“春恨”照应了前面的“梦”，作者可能在梦中和意中人在高楼上跳舞，所以梦醒后会望向高楼。“落花人独立，微雨燕双飞”中的“人独立”和“燕双飞”形成鲜明对比，烘托了人的孤寂，“落花”常用来写伤春。

下片“记得小蘋初见，两重心字罗衣”，此处的“心字”渲染了作者对小蘋的爱慕之心，令人陶醉。“琵琶弦上说相思”，令人想起了白居易的“低眉信手续续弹，说尽心中无限事”，如此叙写意境更高。“当时明月在，曾照彩云归”，写物是人非，昔日明月依旧，然而小蘋不知在何处。一个“在”字反映了词人内心痛苦，作者以“彩云”形容小蘋，可见小蘋的容颜姣好，同时写出了作者对她的喜爱。

整首词主要是以时间为线索，“去年”“记得”“当时”“曾照”，这些时间线索将整首词连贯起来，作者思维奇特，独具匠心。整首词中景中带情，构思严谨，不愧是我国诗词中的瑰宝。

## 【飞花解语】

“去年春恨却来时。落花人独立，微雨燕双飞”可对“春”字令、“花”字令、“雨”字令。

“当时明月在，曾照彩云归”可对“月”字令、“云”字令。

# 新酒又添残酒困，今春不减前春恨

“新酒又添残酒困，今春不减前春恨”出自赵令畤的《蝶恋花》。此两句直抒胸臆，“又添”“不减”，以强化语气写出了心中的愁苦。整首词借惜花抒发了离愁，细腻笔调营造了凄楚意境，情景交融。

# 蝶恋花

赵令畤

卷絮风头寒欲尽。坠粉飘红，日日香成阵。新酒又添残酒困，今春不减前春恨。

蝶去莺飞无处问。隔水高楼，望断双鱼<sup>①</sup>信。恼乱横波秋一寸<sup>②</sup>，斜阳只与黄昏近。

**【注释】**

①双鱼：书简。古诗："客从远方来，遗我双鲤鱼。呼儿烹鲤鱼，中有尺素书。"

②秋一寸：即秋波一寸。

**【译文】**

头顶寒风，树梢的柳絮想要纷纷落下。坠落的花瓣飘着香味，落花每日都要飘落。还没有酒醒，又喝了新酒，让我倦乏，今年春天的怨恨不比去年少。

蝴蝶离去，黄莺飞走，我没有地方可以询问。望着隔着水的高楼，望眼欲穿都不能等到书信。心中凌乱，眼看黄昏已经来到。

**【赏析】**

这是一首闺中伤春之词，上片写残春，下片写春思。

上片"卷絮风头寒欲尽。坠粉飘红，日日香成阵"，刻画了春末落花、飞絮的场景。"卷絮风头""坠粉"是晚春常有的景色。"新酒又添残酒困，今春不减前春恨"写了主人公杯杯饮酒，借酒消愁的场景。此处作者主要是抒发心中的愁，而"又添"不仅是字面中的意思，更指心头的愁绪。这两句词和"借酒浇愁愁更愁"相似，"不减"能够看出离愁别绪不会因时间推移而锐减，语意更深一层。

下片"蝶去莺飞无处问。隔水高楼，望断双鱼信"，蝴蝶、黄莺都

飞走了，唯独自己一人望着一水之隔的高楼，企盼远方的来信。一个"断"字可以看出作者等不到来信的落寞。"恼乱横波秋一寸，斜阳只与黄昏近"，写出了作者怀人之后，继而伤春。看着眼前黄昏之景，这令主人公心中的愁更愁。"只与黄昏近"承接了"恼乱"，"夕阳无限好，只是近黄昏"可与此句同比。

　　整首词通过描写淡淡的景，抒发浓浓的情。

## 【飞花解语】

　　"卷絮风头寒欲尽。坠粉飘红，日日香成阵"可对"风"字令、"香"字令。

　　"蝶去莺飞无处问。隔水高楼，望断双鱼信"可对"水"字令。

"纵收香藏镜，他年重到，人面桃花在否"，香气依旧，美人却早已不见踪影。气味虽然虚无，但是依旧成了词人难以忘却的记忆，不过对喜欢行"香"字令的人来说，留在自己记忆中的气味不是脂粉香，而是酒香。

## 玉钩阑下香阶畔，醉后不知斜日晚

"玉钩阑下香阶畔，醉后不知斜日晚"出自晏殊的《木兰花》。前句写出了宴会场所，后句写出宴会结束后的情景。"斜日晚"象征人生晚年时光，这首词为怀旧之作，优美字词中，渗透着作者对人生短暂、物是人非的感慨，词中有着淡淡的忧愁及回忆。

### 木兰花

晏　殊

池塘水绿风微暖，记得玉真①初见面。重头歌韵响琤琮②，入破③舞腰红乱旋。

玉钩阑下香阶畔，醉后不知斜日晚。当时共我赏花人，点检④如今无一半。

**【注释】**

①玉真：玉人，指所爱的女子。

②琤琮（chēng cóng）：玉器撞击之声，形容乐曲声铿锵悦耳。琮，玉声，比喻玉真嗓音脆美如玉声。

③入破：唐宋大曲每套分为散序、中序、破三大段，入破即为破的第一遍，指乐曲中繁碎之声，这里形容节奏开始加快。

④点检：检查。

**【译文】**

春天的风带着暖意，吹着一波碧潭，还记得和玉真佳人初次见面。清脆的歌喉，声音是那样的婉转，动听的旋律萦绕耳边，婀娜的舞姿随着节拍跳舞，飘动的红裙看着眼花缭乱。

玉帘钩和栅门之下，带有花瓣的台阶旁边，我喝醉酒后，竟然不知道夕阳已西下。当年和我一起欣赏美人歌舞的人儿，细细查点，还没有当时的一半多。

**【赏析】**

整首词通过上下片对比，感情真诚流露，意蕴深长。

上片"池塘水绿风微暖"写了春天景色，由其中的"水绿""风微暖"可以读出春天的气息。此番场景是作者漫步园中所见，眼前的场景带着作者回忆过去。紧接着"记得玉真初见面"，作者刻画了当初在宴会中最动情时刻。"重头歌韵响琤琮，入破舞腰红乱旋"，这两句写了玉真一展歌喉、舞动身姿的场景，昔日场景重现眼前，"响琤琮"写听觉，而"红乱旋"写视觉。虽然字词间并没有直接赞美玉真歌喉、舞姿优美，然字字间都能看出作者对其的赞美。

下片"玉钩阑下香阶畔"写出当时宴会地点，"醉后不知斜日晚"写宴会中喝酒后，不知道天气已渐晚，为随后的抒情做好铺垫。"当时共我赏花人，点检如今无一半"，字里行间能够看出作者心中的忧愁。

读到最后两句，难免令读者心中惆怅。

## 【飞花解语】

"池塘水绿风微暖，记得玉真初见面"可对"水"字令、"风"字令。

"当时共我赏花人，点检如今无一半"可对"花"字令。

# 日上花梢，莺穿柳带，犹压香衾卧

"日上花梢，莺穿柳带，犹压香衾卧"出自柳永的《定风波》。前两句写出了户外美景，而"卧"字写出了主人公懒得赏景。美景同人物心理形成鲜明对比，写出没有人一同来观赏美景的悲凉心理。

## 定风波

### 柳 永

自春来、惨绿愁红，芳心是事可可①。日上花梢，莺穿柳带，犹压香衾卧。暖酥消②，腻云亸③，终日恹恹倦梳裹。无那！恨薄情一去，音书无个。

早知恁么，悔当初、不把雕鞍锁。向鸡窗④，只与蛮笺象管⑤，拘束教吟课。镇⑥相随，莫抛躲，针线闲拈伴伊坐。和我。免使年少，光阴虚过。

## 【注释】

①是事可可：对什么事情都无兴趣。

②暖酥消：脸上搽的香脂消散。

③腻云亸（duǒ）：头发乱垂。

④鸡窗：指书窗或书房。

⑤蛮笺象管：纸和笔。

⑥镇：常。

## 【译文】

入春以来，看着红花绿叶都像带着愁，我对万事都没兴趣。太阳刚升上花树梢头，黄莺穿过柳树，我还拥着锦被没有起来。脸上涂抹的胭脂已经消散，浓密头发散乱地垂了下来，终日心灰意懒，我不想要梳洗打扮。只恨那薄情人一去，连个音信都没有。

早知如此，真后悔当初没有将他骑马的鞍上锁。只让他在书房拿着彩纸、笔管，终日写诗词，天天陪我，不离我左右。我也可以不用躲闪，整日拿着针线和他倚靠在一起，有他陪在身边，免得青春年少，时光虚度。

## 【赏析】

这是一首关于爱情的词，词中是以少妇口吻叙写，写出了她离别意中人的相思，刻画了一个纯真的少妇形象。上片融情入景，写出了少妇相思之苦；下片刻画心理活动，写出少妇对幸福生活的追求。

上片"自春来、惨绿愁红，芳心是事可可"，此两句写出了主人公的状态，"惨""愁"相对的是"绿""红"，将思妇心中的孤苦淋漓尽致地表现了出来。"日上花梢，莺穿柳带，犹压香衾卧"，纵然时光如此美好，思妇却选择卧床不起。她不想看着美景而想起昔日欢乐时光，徒增心中伤悲。"暖酥消，腻云亸，终日恹恹倦梳裹"刻画了一个妆容惨淡，不愿打扮的思妇形象。"恨薄情一去，音书无个"，最后两句才揭示了思妇上述行为的原因，作者采用了倒叙手法，自然地引出思妇内心活动。

下片"早知恁么，悔当初、不把雕鞍锁"，写出思妇的悔恨思绪，一个"悔"字、一个"锁"字，可见这是一位直率、热情的妇人，她想要保卫爱情，想将意中人"锁"在自己身边。"向鸡窗，只与蛮笺象管，拘束教吟课。镇相随，莫抛躲，针线闲拈伴伊坐"，思妇期盼自己每日能够过着柴米油盐、相夫教子的生活。"和我。免使年少，光阴虚过"，此三句写出了思妇对青春的珍惜，对生活的热爱。

整首词带有浓厚民歌风味，有时代特色。整首词通俗易懂，采用白描手法，将一个率真的思妇形象刻画得淋漓尽致。

**【飞花解语】**

"自春来、惨绿愁红，芳心是事可可"可对"春"字令。

"日上花梢，莺穿柳带，犹压香衾卧"可对"花"字令。

# 旧香残粉似当初，人情恨不如

"旧香残粉似当初，人情恨不如"出自晏几道的《阮郎归》。通过写香味依旧，而人情渐淡，感慨人情经不起考验。作者采用层层开剥的手法，逐步将人物情感推向高潮，凸显人生中有着不可解脱的苦楚。

## 阮郎归
### 晏几道

旧香残粉似当初，人情恨不如。一春犹有数行书，秋来书更疏。
衾凤①冷，枕鸯②孤，愁肠待酒舒。梦魂纵有也成虚，那堪和③梦无！

**【注释】**

①衾凤：绣有凤凰图纹的被子。

②枕鸯：绣有鸳鸯图案的枕头。

③和：连，甚而至于。

**【译文】**

昔日用过的香粉其味如当初一般，人的情意却不如它。春天还能收到几封书信，而秋天来的书信却很少。

绣凤被儿冷，鸳鸯枕儿孤，愁肠等待酒来宽舒。梦中的相见是虚幻的，更何况梦中也难相逢。

**【赏析】**

这首词抒发了作者的离愁别绪，上片写恨，下片写愁。

上片"旧香残粉似当初，人情恨不如"，写出了旧物味道依旧，而人与人之间的感情却变淡了。通过香粉味道和人的感情做比较，写出了感情经不住时间的考验。"一春犹有数行书，秋来书更疏"述说了在春天的时候，两人还有书信来往，而在秋季往来书信却少之又少。这两句词进一步叙写前文的"人情"淡薄。上片女主人公睹物思人，抒发对离别之人的不满之情。

下片"衾凤冷，枕鸳孤，愁肠待酒舒"，通过使用"衾凤""枕鸳"字眼凸显此时主人公独自一人的凄凉。同时，"衾凤"对应"冷"，"枕鸳"对应"孤"。作者看着被子上的凤凰、枕头上的鸳鸯不由得想起凤凰无伴，鸳鸯成单，暗指自己目前处境。这里也能看出作者作词时应该在傍晚时分，准备入睡前。"愁肠"二字直抒心意，"待酒舒"写出了主人公想要用酒精麻醉心中的愁绪，但酒却不能让自己内心舒展。"梦魂纵有也成虚，那堪和梦无"往事已成回忆，如今想要在梦中回顾昔日温存，"虚"字不难看出主人公看透了梦是虚无的，"梦无"，日夜不得入睡，哪来梦中相聚，可见主人公的绝望之情。细读这两句，才知上句是为突出下句而做的铺垫。这样的写法有一波三折之势。

这首词字浅情深，作者层层深入，将思妇心中的怨恨逐步呈现，令读者也为其感到伤悲，为上佳之作。

"一春犹有数行书，秋来书更疏"可对"春"字令。

"衾凤冷，枕鸳孤，愁肠待酒舒"可对"酒"字令。

# 纵收香藏镜，他年重到，人面桃花在否

"纵收香藏镜，他年重到，人面桃花在否"出自袁去华的《瑞鹤仙》。此三句暗含前途未卜之忧。作者通过描写郊外凄美景色，来表达离愁。这首词风格婉转、含蓄，巧妙引用典故。

## 瑞鹤仙
### 袁去华

郊原初过雨，见败叶零乱，风定犹舞。斜阳挂深树①，映浓愁浅黛，遥山眉妩②。来时旧路，尚岩花③、娇黄半吐。到而今，唯有溪边流水，见人如故。

无语。邮亭深静，下马还寻，旧曾题处④。无聊倦旅。伤离恨，最愁苦。纵收香藏镜，他年重到，人面桃花在否？念沉沉、小阁幽窗，有时梦去。

【注释】

①深树：高树。

②眉妩：即妩媚。指姿态的美好。

③岩花：岩畔、水岸上生长的花。

④题处：题诗、签名之处。

**【译文】**

郊野刚刚下过雨，看到地面上飘零的落叶，风已经停止了，但落叶依旧飘动如同跳舞。夕阳悬挂在树梢上，映着远山忽明忽暗，如同美人微微皱眉，显得分外妩媚。来到曾经走过的小路，那时水边浅黄色的野花竞相开放。而如今，只看到岸边溪水，像故人一般。

没有什么话，邮亭寂静，我下马寻找以前题诗、抒情的场所。奔波旅程本就让人疲倦，感叹离别更令人愁苦。我收藏她的香料、明镜，等到他年重新回到那里时，人面桃花是否依旧？我思念那个在幽帘后的美人，也只能在梦中寻找她的踪迹。

**【赏析】**

这首词写旅愁，为离别意中人之后而作，上片写了在郊原所见所感，下片写邮亭寻旧处之所思。

上片"郊原初过雨，见败叶零乱，风定犹舞"写出黄昏雨后情景，目的是渲染整首词的感情基调，看着地面零落的叶子，以此开端，为整首词奠定了凄凉的基调。"雨""风声""落叶"，这些都是动态的事物。"斜阳挂深树，映浓愁浅黛，遥山眉妩"，作者为我们刻画了黄昏雨后远处的斜阳、山、树木，这三个事物都是静止的。从"深""浓愁"，读者能直观感受到这份愁。一个"挂"字写出了雨后斜阳的角度，甚妙！"来时旧路，尚岩花、娇黄半吐。到而今，唯有溪边流水，见人如故"，作者重新走昔日旧路，似乎想要找回昔日记忆，然而"来时"场景和"到如今"场景并不相同，不变的是那流水，如同故人一般。当然，溪水也是会不断流去，此水非彼水。

下片"无语"包含作者复杂心理，起到承上启下的作用。"邮亭深静，下马还寻，旧曾题处"写出作者所在地点，所做何事。"邮亭"是古代传递书信的地方，"深静"写出了场所甚是寂静，也写出了伊人没有音信。作者想要到昔日题词地方，找寻当时的记忆。"无聊倦旅。伤离恨，

217

最愁苦"，寥寥几字，直抒作者心中的郁结情绪，揭示了全篇主旨。旅途生活令人疲倦，而离别的伤悲却更令人愁苦。"纵收香藏镜"蕴含典故，作者用两个典故说明即使信守前盟，他年未必能相逢。"念沉沉"表达了作者的相思之悠长。"小阁幽窗，有时梦去"，以梦境结尾，说明作者想要实现心中的愿望，却凭借梦乡实现，可见她的踪迹渺茫。

全词语言含蓄，用语流畅，写景寓情，表达怀人之感。

**【飞花解语】**

"郊原初过雨，见败叶零乱，风定犹舞"可对"雨"字令、"风"字令。

"到而今，唯有溪边流水，见人如故"可对"水"字令、"人"字令。


# 零落成泥碾作尘，只有香如故


"零落成泥碾作尘，只有香如故"出自陆游的《卜算子·咏梅》。此为本篇名句，也是"香"字令常用词句。"碾"字可以看出作者对落梅的惋惜，这首词作者是借梅言己，梅花的境遇实则是作者的遭遇。

## 卜算子①·咏梅

### 陆 游

驿②外断桥边，寂寞开无主③。已是黄昏独自愁，更着④风和雨。

无意苦争春，一任⑤群芳⑥妒。零落⑦成泥碾作尘，只有香如故⑧。

**【注释】**

①卜（bǔ）算子：此词属于双调、44字正体。

②驿（yì）：古代交通站，传送公文的人员或官员及过往行人的休息处。

③无主：无人过问。

④着（zhuó）：同"著"，遭受，承受。

⑤一任：完全听凭。

⑥群芳：指争春的百花。

⑦零落：指梅花凋谢。

⑧如故：和过去一样。

## 【译文】

驿站外的断桥边，孤单的梅花开放，却没人过问。已经是黄昏时候了，孤零的梅花已够愁苦，却还要经历风吹雨打。

梅花并不想在春天和百花争宠，无所谓百花对它的嫉妒。即便凋零了被碾到土壤中，它的香味依旧飘在空中，没有变化。

## 【赏析】

这首词不仅是咏梅，更是咏怀之作。陆游喜欢梅花，他有很多的咏梅的诗词，歌颂梅花的高贵品格的同时，暗指自己也是有着一样品格的人。上片写了梅花的窘迫处境，下片写了梅花的生死观。

上片"驿外断桥边，寂寞开无主"写出了梅花凄凉、饱受风雨的情形，且它生长在"断桥边"。如此高傲品格，可谓花中君子，怎奈"寂寞开无主"，可见作者对梅花的怜爱之情。作者将自己的感情融入其中，可谓情语。"已是黄昏独自愁"，这里采用拟人手法，写出了梅花的精神，在如此恶劣环境中，它依旧能够绽放自己的美丽。正是在特殊的生长环境中，才磨砺出它傲人品格，更是无人能领略其中意韵。"更着风和雨"描写了梅花身心俱损的情形，此处梅花的遭遇，也是作者人生的真实写照。

下片"无意苦争春，一任群芳妒"，梅花绽放并不是炫耀自己的容貌，它不屑跟百花争宠。尽管如此，梅花依旧惹来百花嫉妒。此句也印证了作者对不理解自己的人也是如同梅花一般，听之任之。"零落成泥碾作尘，只有香如故"，一个"碾"字写出了摧残者的冷酷，梅花即使承受如此痛苦，其香味依旧飘荡在空中。作者借助梅花品格，写出了自己在仕途中一定会不寐、不屈的抱负。

纵观全词，作者以物喻人、托物言志，以梅花自喻，谱写了满怀爱国之情，彰显逆境中矢志不渝的情怀。

**【飞花解语】**

"已是黄昏独自愁，更着风和雨"可对"风"字令、"雨"字令。

"无意苦争春，一任群芳妒"可对"春"字令。

"飞云过尽，归鸿无信，何处寄书得。" "无"字看似寻常，却成为词人笔下的绝情之语。不知道那些喜欢行"无"字令的人，是否能体会到"无"字蕴含的深意呢？

## 融和天气，次第岂无风雨

"融和天气，次第岂无风雨"出自李清照的《永遇乐》。"融合天气"写出了近年国事变化，"次第岂无风雨"反衬了主观感受。整首词采用今昔对比，表达了家国衰败、身世凄凉之感。

### 永遇乐
#### 李清照

落日熔金，暮云合璧，人在何处？染柳烟浓，吹梅笛怨①，春意知几许！元宵佳节，融和天气，次第②岂无风雨？来相召、香车宝马③，谢他酒朋诗侣。

中州④盛日，闺门多暇，记得偏重三五⑤。铺翠冠儿，捻金雪柳，簇带⑥争济楚。如今憔悴，风鬟雾鬓，怕见夜间出去。不如向、帘儿底下，听人笑语。

①吹梅笛怨：这里指吹奏古曲《梅花落》。

②次第：这里是转眼的意思。

③香车宝马：这里指贵族妇女所乘坐的雕镂精致、装饰华美的车驾。

④中州：这里指北宋的都城汴京，今河南开封。

⑤三五：十五日。此处指元宵节。

⑥簇带：意谓头上所插戴的各种饰物。簇，聚集之意。带，即戴，加在头上谓之戴。

**【译文】**

落日像是熔化的金块，透过红霞云霓，如同巨大玉璧悬挂西边天幕，景色如此美好，而我如今身在哪里？春天烟雾将柳丝染成一片嫩绿，《梅花落》的幽怨曲调传来，如此场景我能感受几分春意？遇上元宵佳节，又是暖和的天气，而我觉得转眼间，可能会迎来一场风雨。朋友乘着宝马香车邀请我游玩，我拒绝了友人的好意。

想起汴京昔日的繁盛，闺中有很多休闲时间，尤其重视正月十五。帽儿镶嵌珠宝，身上佩戴雪柳，人人打扮俊俏。如今容貌憔悴，头发凌乱无心打理，更害怕夜间出去。不如在帘子后面，听他人说笑。

**【赏析】**

这首词是作者晚年所作，此时的她国破家亡，身世凄凉。她通过叙写元宵节，抒发家国之叹。上片写了南宋临安节日情形，通过对比衬托其凄凉心境；下片写北宋元宵节盛况，亦是用对比手法刻画伤悲。

上片"落日熔金，暮云合璧"写晚晴，给人宽阔意境。"人在何处"，简单四字写出了作者在异乡，无家可归的处境，同上文中的美好景色形成鲜明对比。"染柳烟浓"，作者从视觉上写早春时节的生机盎然情景，"吹梅笛怨"又从听觉上入手，通过聆听幽怨的笛声写出自己心中的感受。元宵佳节固然好，可作者并没有感到丝毫喜悦。由"融和

天气"转到"岂无风雨"，为后续拒绝友人相邀埋下伏笔。此时的"风雨"不仅是景物，更指国难当前，自己无游赏逛灯之意。

下片"铺翠冠儿，捻金雪柳，簇带争济楚"，作者回忆了昔日汴京同女伴在元宵佳节游玩的情景。但好景不长，金兵侵入，自己只得飘零异地。"如今憔悴，风鬟雾鬓，怕见夜间出去"，写出作者流落他乡的悲凉生活。"不如向、帘儿底下，听人笑语"写出了作者的凄凉心境。

整首词情感真挚，语言朴素。全篇以乐景衬托哀情，表达了今昔对比之感慨，以及对身世之悲怀。这首词很有感染力，令人读后不禁为其伤悲。

## 【飞花解语】

"来相召、香车宝马，谢他酒朋诗侣"可对"香"字令。

"铺翠冠儿，捻金雪柳，簇带争济楚"可对"雪"字令。

# 飞云过尽，归鸿无信，何处寄书得

"飞云过尽，归鸿无信，何处寄书得"出自晏几道的《思远人》。"归鸿无信"写出了希望落空，"何处寄书得"写出了盼归心切。"寄书"二字贯穿全篇，全词笔调曲折，味深意厚。

## 思远人①
### 晏几道

红叶②黄花秋意晚，千里念行客③。飞云过尽，归鸿无信，何处寄书得？

泪弹不尽临窗滴，就砚旋研墨④。渐写到别来⑤，此情深处，红笺⑥为无色。

**【注释】**

①思远人：词牌名，晏几道创调。词中有"千思念行客"句，取其意为调名，选自《小山词》。此调仅51字，双调一体。

②红叶：枫叶。

③千里念行客：思念千里之外的行客。

④就砚旋研墨：眼泪滴到砚中，就用它来研墨。

⑤别来：别后。

⑥红笺：女子写情书的信纸，是红色的。

**【译文】**

枫叶变红，菊花绽放，又是晚秋季节，我想起千里之外的游子。天边云彩不断向远处飞去，归来的大雁没有捎来他的书信，不知游子去了哪里，又该向哪里寄去书信呢？

我临窗挥泪，泪流不止，泪水滴到了砚台上，就拿它研墨写信。写离别之后的种种心情，写到情深处，泪水一发不可收拾，竟然将红色信笺都弄褪色了。

**【赏析】**

这首词叙写了女子伤春怀远。上片写看晚秋景色，想要寄情书；下片写别后临窗挥泪，充满了伤悲之情。

上片"红叶黄花秋意晚，千里念行客"点明季节、突出主题，写出了主人公悲秋怀远，一个"晚"字写出了离别之久，"千里"写出两人相距甚远。"飞云过尽，归鸿无信"，闺中人看着天空，企盼游子能托大雁捎来书信。一个"过尽"描写了主人公的失落，通过"无信"可知主人公不知游子在哪里，更无从给他寄出相思。

下片"泪弹不尽临窗滴，就砚旋研墨"，主人公想要寄出书信，然而不知游子所在何处，只能以泪水表达心中的思念，泪水掉入砚台中，自然过渡到主人公磨砚写信。"渐写到别来，此情深处，红笺为无色"，女

224

主人公抒发自己心中的思念之情，此刻她的情感也得到了升华，泪水进入笔尖，真情流露。"渐"字用得甚是婉转，情泪融合。结尾三句，泪水、墨水、红笺都融入了女主人的深情，物情已融合在一起。

整首词意蕴深厚，别有情调，以泪研墨，泪洗红笺，用夸张手法将内心情感生动刻画，此为本词独到之处。

## 【飞花解语】

"红叶黄花秋意晚，千里念行客"可对"花"字令。

"渐写到别来，此情深处，红笺为无色"可对"情"字令。

# 杏花无处避春愁，也傍野烟发

"杏花无处避春愁，也傍野烟发"出自韩元吉的《好事近》。此处虚中带实，意义深刻。爱国之情贯穿全篇，词中采用拟人手法，表达更精准，让读者更能理解作者此时此刻的心情。

## 好事近①
### 韩元吉

凝碧旧池头②，一听管弦③凄切。多少梨园声在，总不堪华发④。

杏花无处避春愁，也傍野烟发。惟有御沟⑤声断，似知人呜咽。

## 【注释】

①好事近：词牌名，又名钓船笛、翠圆枝等，《张子野词》入"仙吕宫"。双调45字，前后片各两仄韵，以入声韵为宜。两结句皆上一、下四句法。

②池头：即池边。

225

③管弦：指管弦乐。

④华发：鬓发斑白，花白头发。

⑤御沟：皇宫水沟。

## 【译文】

想起往日宫廷中的池苑，听到管弦声响，十分伤悲。乐队中有很多从大宋王朝掳来的梨园弟子，见到他们，听他们弹奏的曲子，怎能不因伤悲而增加白发。

杏花也不能躲避春天的忧愁，独自依傍着荒野默默绽放。那皇家御河流水已枯竭，像是能理解人们呜咽的情感。

## 【赏析】

这首词是作者赶赴金国招待外使宴会时所作，当时汴京已沦陷近半个世纪。上片写了闻乐生悲，下片写了见花生愁。

上片"凝碧旧池头，一听管弦凄切"引用典故，写了作者此时的痛苦心情。一个"旧"字意味深长。"多少梨园声在，总不堪华发"写了凝碧池，梨园弟子奏乐情形，写音乐触动心中的伤悲，伤悲令人变老。"总不堪华发"以简练字词，说出作者心中哀苦，感情沉重，此处手法甚是高明。

下片"杏花无处避春愁，也傍野烟发"点明时间、环境，作者以杏花自拟，想要和杏花一样躲避金人，无奈身不由己，只能参加宴会，听令人感伤的音乐。"无处避春愁"是本词的词眼之所在。"野烟"象征战后荒凉景象，用到此处很有意境。"惟有御沟声断，似知人呜咽"，由于战事原因，河中流水枯竭，没有流水声。作者采用拟人手法，抒发心中悲哀，赋予御沟以人性，它不流淌是因理解作者心中的愁苦，如此描写容易引起读者共鸣。

整首词，字中多含哀情，整篇以爱国贯穿首尾，面对眼前物是人非的情景，怎能不令人心生悲念。

"杏花无处避春愁，也傍野烟发"可对"花"字令。

"惟有御沟声断，似知人呜咽"可对"人"字令。

# 肥水东流无尽期，当初不合种相思

"肥水东流无尽期，当初不合种相思"出自姜夔的《鹧鸪天·元夕有所梦》，"无尽"写出了长恨无穷。这首词以清健笔力叙写，全词语言千锤百炼，可谓洗净铅华，营造了空灵意境，韵味深厚。

## 鹧鸪天·元夕有所梦
### 姜 夔

肥水①东流无尽期，当初不合种相思。梦中未比丹青②见，暗里忽惊山鸟啼。

春未绿，鬓先丝，人间别久不成悲。谁教岁岁红莲③夜，两处沉吟各自知。

**【注释】**

①肥水：源出安徽合肥紫蓬山，东南流经将军岭，至施口入巢湖。

②丹青：泛指图画，此处指画像。

③红莲：指花灯。

**【译文】**

肥水向东缠绵不断流去，如同我对你的思念，后悔当初不该种下相思。梦中见到的你不如画像中的清晰，这种梦总是被突然飞来的山鸟啼叫惊醒。

春草没有长绿，我的两鬓已经长了白发。人间离别久了，伤悲自然变淡。谁让那年年都有红莲明灯的元宵夜，让我心中涌出无限悲思，我想我的心情，只有你知道。

## 【赏析】

这首词是怀人之作，由元宵梦起，阐述对意中人的相思之情，上片写梦，下片写离情。

上片"肥水东流无尽期"写出了当初相恋时的地方，"当初不合种相思"能够读出因心生相思，却埋怨当初不该有此恋情。深层次来讲，是作者无法忘记如此深刻的感情。"梦中未比丹青见"，作者在梦中见到的心上人不如画中的清晰，由此看出他的一丝遗憾。"暗里忽惊山鸟啼"，他被鸟儿啼叫声惊醒。

下片"春未绿，鬓先丝"写了初春时分情形，而此时自己鬓丝发白。"人间别久不成悲"，人的感情随着时间推移而变淡，悲哀人世间的情意浅薄。"谁教岁岁红莲夜，两处沉吟各自知"点出主旨，从这两句中推断两人恋情应该从元宵佳节灯会开始，才会有作者最后的反问，这个问题无人能解答，只有二人明白。

全词深情感人，缠绵哀怨。

## 【飞花解语】

"梦中未比丹青见，暗里忽惊山鸟啼"可对"山"字令。

"春未绿，鬓先丝，人间别久不成悲"可对"春"字令、"人"字令。

# 二十四桥仍在，波心荡、冷月无声

"二十四桥仍在，波心荡、冷月无声"出自姜夔的《扬州慢》。写出了物是人非之感，全篇以诗境入词，采用虚拟手法，化景物为情思。纵观全词，笔调稚嫩，少年虽愁苦，但毕竟涉世未深。

## 扬州慢①
### 姜 夔

淮左②名都，竹西佳处，解鞍少驻初程③。过春风十里④，尽荠麦青青。自胡马窥江去后，废池⑤乔木，犹厌言兵。渐⑥黄昏，清角⑦吹寒，都在空城。

杜郎⑧俊赏，算而今、重到须惊。纵豆蔻词工，青楼梦好，难赋深情。二十四桥仍在，波心荡、冷月无声。念桥边红药⑨，年年知为谁生？

**【注释】**

①扬州慢：词牌名，又名郎州慢。上下阕98字，平韵。此调为姜夔自度曲，后人多用以抒发怀古之思。

②淮左：宋代在淮水下游南岸设置淮南东路行政区，故扬州一带属淮左。

③初程：起初一段行程。

④春风十里：形容扬州的繁华。杜牧《赠别》诗："春风十里扬州路，卷上珠帘总不如。"这里用以借指扬州。

⑤废池：被废毁的池台。

⑥渐：向，到。

⑦清角：凄清的号角声。

⑧杜郎：即杜牧。唐文宗大和七年到九年，杜牧在扬州任淮南节度使掌书记。

⑨红药：红芍药花，是扬州繁华时期的名花。

**【译文】**

扬州是淮南名都，在著名的竹西亭，我解鞍稍作休息。昔日春风十里的繁华街道，如今只有绿油油的荞麦。自从金兵打到长江南岸后，扬州城只落得断壁残垣、古老大树，至今人们都不想提起那场战争。渐渐到了黄昏，凄清的号角吹响，回荡在空城当中。

杜牧曾对此地大加褒扬，若他重来，定会被如此情景惊到。纵然杜牧以豆蔻年华的少女文笔，青楼美梦的美好诗意，也难传达此刻我痛苦的心情。二十四桥依旧在，水面微波荡漾，冷月无声映照在其中。想着桥边红芍药花，你年年为谁生，为谁变红！

**【赏析】**

这首词是作者年少初次到扬州而作，名都遭受了两次洗劫，作者看着当时眼前情形，想起往事，悲伤不已，写下了这篇反侵略的词。上片从视听觉写名都衰败，下片抒发自己的哀情。

上片"淮左名都，竹西佳处，解鞍少驻初程"点明地点。"过春风十里，尽荞麦青青"，此时名都已经经历战事，昔日名都，如今只有荞麦。"青青"给文章增添了凄艳色彩，强化青山故国情怀。"自胡马窥江去后，废池乔木，犹厌言兵"直观写经过金兵侵犯后扬州的景象，"废池"二字写出了扬州被蹂躏之深。"渐黄昏，清角吹寒，都在空城"写日落时响起的号角声情景。作者从所见写到了所闻，一个"寒"字用得很巧妙，寒本身给人以凉的感觉，而"吹寒"写出了号角的凄凉，突出人的情感。一个"空"字，令情景融合，写出因金兵攻打，昔日繁华成如今空城。

下片"杜郎俊赏，算而今、重到须惊"写出杜牧如果重游扬州将会大跌眼镜，作者通过描写"豆蔻词工""青楼梦好"等美好事物衬托如今的扬州情景。"二十四桥仍在"衬托了"波心荡、冷月无声"，

二十四桥在，明月依旧，但风华已成过去。本来赏月应该仰头，而作者却写"冷月无声"，可见他是通过水中的月影，即为俯视。从这个画面中，我们能想象到作者低头沉思的形象，昔日的繁华无非衬托出今日更加的凄凉。

本词的特色是通过虚拟手法引入诗境，这首词运用今昔对比，以反衬手法写景抒情。

## 【飞花解语】

"过春风十里，尽荠麦青青"可对"风"字令。

"二十四桥仍在，波心荡、冷月无声"可对"月"字令。

飞花令·清新婉丽品宋词

影

"起舞弄清影，何似在人间"，若只有影子和自己做伴，那该有多寂寞！或许是因为影子拥有这么特殊的意象，那些想要行飞花令却苦于没有知己的人，常常独自行"影"字令。自己对一句"沙上并禽池上暝，云破月来花弄影"，再等对方对一句"谁见幽人独往来？缥缈孤鸿影"，也别有意趣。

## 沙上并禽池上暝，云破月来花弄影

"沙上并禽池上暝，云破月来花弄影"出自张先的《天仙子》，此处的"破""弄"使用巧妙，后句以迷离月色衬托惜春寂寞之情。在对"影"字令时，第一时间就会想到"云破月来花弄影"，此为本篇佳句。

### 天仙子①
#### 张 先

《水调》②数声持酒听，午醉醒来愁未醒。送春春去几时回？临晚镜，伤流景③，往事后期④空记省。

沙上并禽池上暝，云破月来花弄影。重重帘幕密遮灯，风不定，人初静，明日落红应满径。

**【注释】**

①天仙子：唐教坊曲名，后用为词牌。《花间集》收皇甫松二首，皆仄韵单调小令，34字，五仄韵。《张子野词》兼入"中吕""仙吕"两调，并重叠一片为之。

②《水调》：曲调名。唐代杜牧《扬州》诗之一："谁家唱《水调》，明月满扬州。"自注："炀帝凿汴渠成，自造《水调》。"

③流景：像水一样的年华，逝去的光阴。

④后期：以后的约会。

**【译文】**

手中拿着酒杯，听着《水调》声声，午间酒醒，忧愁却没有消散。送走春天，春天什么时候回来？临近傍晚照镜子，我为逝去的年华伤感，往事和之后的约定都徒劳地记在心中。

黄昏时，池边沙滩卧着鸳鸯，花枝在月光下舞弄着身影。重重帘幕密密地遮住了屋内的灯光，夜晚人安静，风却吹个不停，想来明天清晨残花会落满园中小路。

**【赏析】**

这是一首惜春词，上片从春愁写到春恨，下片由孤寂写到了春愁。

上片"《水调》数声持酒听，午醉醒来愁未醒"写拿着酒杯听着歌曲，酒后昏昏睡，然酒醒后，忧愁却没有离去。"送春春去几时回"，这是作者对"春"去的感慨，两个"春"字代表着不同的含义。第一个"春"写出了大好春光，而第二个"春"指年华逝去，是对青春的留恋。"临晚镜，伤流景"中的"晚"字不仅是写天晚，也指代人的晚年。

下片"云破月来花弄影"，一个"破"字写出全词的意境，当然"破"字在此处用得也很巧妙，写出了外面风之大。"重重帘幕密遮灯"，作者转入刻画室内环境。"明日落红应满径"同前面的"花弄影"做对比，相信经过一夜风的洗礼，园中一定满是落花。

整首词能千古传诵，可见作者遣词造句功夫深厚，他将复杂心情以妩媚形象传递给人们，令读者收获美感。

**【飞花解语】**

"风不定，人初静，明日落红应满径"可对"风"字令、"人"字令。

# 那堪更被明月，隔墙送过秋千影

"那堪更被明月，隔墙送过秋千影"出自张先的《青门引》。"那堪"是"不堪"之意，写出了作者的抑郁心情。全词寓情于景，抒发了作者孤寂之情，作者触景生情引发伤怀之情，整体遣词精确、细腻。

## 青门引①

### 张 先

乍暖还轻冷，风雨晚来方定。庭轩②寂寞近清明，残花中酒③，又是去年病。

楼头画角④风吹醒，入夜重门静。那堪更被明月，隔墙送过秋千影。

**【注释】**

①青门引：词牌名。调见《乐府雅词》及《天机余锦》词，属小令，双调52字，上片五句，下片四句。

②庭轩：庭院和走廊。

③中酒：醉酒。

④楼头画角：城楼上的号角，涂了彩色，故称画角。

## 【译文】

傍晚时风雨刚停，天气变暖但还是有些冷。清明时节临近，我守候在寂寞庭院中，看着残花，酣饮醉酒，好像又回到了去年的伤心病痛。

城楼上的画角声传来，我被风吹醒，夜深时分重门寂静。哪能忍受明月，送来墙那边秋千的影子。

## 【赏析】

这首词是作者触景生情，情景融合，写出了作者不得志的愁闷心情。上片写傍晚时分醉酒消愁，下片写入夜之后的思人之苦。

上片"乍暖还轻冷，风雨晚来方定"写出词人对春天天气的感受，一个"乍暖"写出了春天气候多变的特点。作者的言辞敏锐，遣词贴切、精确。"庭轩寂寞近清明"这句明确写出了此时将近清明，也正映照了前面变化多端的天气。"残花中酒，又是去年病"，暮春花凋零，自然变迁，美好事物离去，然心中有病根。想要消愁，只有饮酒。"又是去年病"是本篇主旨。

下片"楼头画角风吹醒，入夜重门静"刻画了夜幕到来之后的情景，营造了一种凄凉氛围。一个"入夜"写出了作者心中的黯然，因夜的到来，让作者心中沉重。"重门"指不得打开的心门。"那堪"二字揭示作者为秋千触动情怀。"隔墙送过秋千影"看似写秋千的影子，实则是在写人，而人如影子一样虚无。

## 【飞花解语】

"乍暖还轻冷，风雨晚来方定"可对"风"字令。

"庭轩寂寞近清明，残花中酒"可对"花"字令。

# 起舞弄清影，何似在人间

　　"起舞弄清影，何似在人间"出自苏轼的《水调歌头》。"清影"是作者在月光下的影子，写出了他想要和自己的影子相伴。"何似在人间"以雄健笔力彰显强烈情感。整首词虚实交错，写出了作者乐观、美好心愿，富有哲理。

## 水调歌头①
### 苏　轼

　　明月几时有？把酒问青天。不知天上宫阙，今夕是何年。我欲乘风归去，又恐琼楼玉宇，高处不胜寒②。起舞弄清影③，何似④在人间！

　　转朱阁⑤，低绮户，照无眠。不应有恨，何事⑥长向别时圆？人有悲欢离合，月有阴晴圆缺，此事⑦古难全。但⑧愿人长久，千里共婵娟⑨。

**【注释】**

　　①水调歌头：词牌名，又名元会曲、凯歌、台城游等。双调95字，上片九句四平韵，下片十句四平韵。

　　②不胜寒：经受不住寒冷。

　　③弄清影：意思是月光下的身影也跟着做出各种舞姿。

　　④何似：何如，哪里比得上。

　　⑤朱阁：朱红的华丽楼阁。

　　⑥何事：为什么。

　　⑦此事：指人的"欢""合"和月的"晴""圆"。

　　⑧但：只。

　　⑨千里共婵娟（chán juān）：只希望两人年年平安，虽然相隔千里，也能一起欣赏这美好的月光。

## 【译文】

中秋明月什么时候才有？我举着酒杯向上天询问！不知道天上的月宫官殿，今晚属于哪一年？我想要乘着风儿飞向月宫，只恐美玉砌成的楼宇太高，我经受不住寒冷。我舞动身姿，欣赏月光下自己的身影，天上官殿怎能比得上人间。

明月转过红色阁楼，低挂在雕花窗户上，照得窗户内的人儿没了睡意。明月不应对人世有怨恨，为什么只在人们离别时才月圆？人生自古有悲欢离合，月有阴晴圆缺，这种事自古不能两全。只希望你我平安长寿，隔着千里也能一起赏月。

## 【赏析】

作者和弟弟苏辙分别七年之久，作者看着眼前的明月，乘着酒兴，写了此词，表达了对弟弟的思念。上片写了对月高歌，下片写对月怀人。

上片"明月几时有？把酒问青天"，作者将青天当作自己的朋友。"把酒问青天"甚是豪迈。"不知天上宫阙，今夕是何年"，作者进一步赞美明月，正是对明月如此爱慕，才会有后面的"我欲乘风归去，又恐琼楼玉宇，高处不胜寒"。作者想要随风看天上月宫，但他担心天上过冷，自己经受不住。"不胜寒"用了典故，写出了月宫的高寒，暗指月光的皎洁。作者写月宫太冷，说自己不适合在天宫，给自己一个留在人间的理由。"起舞弄清影，何似在人间"才是根本，与其去清冷的月宫，不如自己和影子为伴，写出了作者的旷达情怀。"我欲""又恐""何似"，生动地刻画了作者的心理变化，作者最终回到了现实。"何似在人间"，以肯定的语气表达了作者强烈的情感。

下片"转朱阁，低绮户，照无眠"刻画了窗户外月光移动，"转""低"都说明月亮在移动，而"无眠"写出作者因思念弟弟不得入睡。"不应有恨，何事长向别时圆"正是作者对弟弟的思念，才令他

237

将此怨恨落到了月亮身上，看似无厘头的埋怨，却展现了他和弟弟之间的情深义重。"人有悲欢离合，月有阴晴圆缺，此事古难全"，作者笔锋扭转，将人、月、古今做了概括，表达了作者依旧怀抱希望，很有哲理性。"但愿人长久，千里共婵娟"，让明月见证分别人之间的思念，体现了作者为人处世的态度，彰显其博大胸襟、乐观豁达的精神。

整首词构思奇特，富有浪漫主义色彩，为中秋词中的佳作。

**【飞花解语】**

"明月几时有？把酒问青天"可对"酒"字令。

"但愿人长久，千里共婵娟"可对"人"字令。

# 谁见幽人独往来？缥缈孤鸿影

"谁见幽人独往来？缥缈孤鸿影"出自苏轼的《卜算子》。写人写鸿雁，虚实结合，物我同一。整首词的意境语意高妙，写景叙事都经过深思熟虑，词中景物生动传神，情味顿生。

## 卜算子
### 苏 轼

缺月挂疏桐，漏断①人初静。谁见幽人②独往来？缥缈③孤鸿影。惊起却回头，有恨无人省④。拣尽寒枝不肯栖，寂寞沙洲冷。

**【注释】**

①漏断：即指深夜。

②幽人：幽居者，隐士。

③缥缈：隐约不清，形容孤鸿的影子。

④省：理解。

## 【译文】

残月悬挂在疏落的梧桐枝头，夜深人静。孤雁在夜色中缥缈不定，如同独来独往的隐士身影。

孤雁惊起回头张望，无人知其怨恨。它拣遍高处枝头却不栖息，甘心在寂寞沙洲忍受寒冷。

## 【赏析】

这首词是写作者仕途失意的寂寞情感，他以孤鸿自喻，表示不甘与世俗为伍。上片以"孤鸿"明比"幽人"，下片以"孤鸿"暗比"幽人"。

上片"缺月挂疏桐，漏断人初静"营造了一个深夜孤寂氛围。"谁见幽人独往来？缥缈孤鸿影"，周围寂静，而作者却在院中徘徊，如同孤飞的大雁。如此勾勒刻画，让读者将"幽人"和"孤鸿"联系起来。作者通过描写人、鸟形象，突出了"幽人"的不凡形象。

下片"惊起却回头，有恨无人省"，这是作者对自己内心的独白写照，人独自一人时难免会四处看，想排解心中的孤单。然"无人省"，没人能理解作者心中的烦恼、苦闷。"拣尽寒枝不肯栖，寂寞沙洲冷"，写孤鸿的不幸遭遇，它宁愿在寒冷沙洲度过夜晚。作者以象征手法，通过描写孤鸿，来表达自己被贬之后的孤寂，以及不甘于世俗的心理。作者以拟人手法刻画孤鸿，将自己的情感附加到孤鸿身上，艺术技巧高超。

作者托物寓人，以孤鸿、月夜为大背景，生动传神地表达了自己的情感。

## 【飞花解语】

"缺月挂疏桐，漏断人初静"可对"人"字令。

# 帘影灯昏，心寄胡琴语

"帘影灯昏，心寄胡琴语"出自贺铸的《蝶恋花》。"灯昏""琴语"写出了对伊人的思念之情。整首词以朦胧情调叙写恋情，让全词沉浸在朦胧美中。篇幅虽小，但字里行间情意深厚。

## 蝶恋花
### 贺　铸

几许伤春春复暮。杨柳清阴，偏碍游丝度。天际小山桃叶①步。白头花满湔裙②处。

竟日微吟长短句。帘影灯昏，心寄胡琴③语。数点雨声风约住。朦胧淡月云来去。

**【注释】**

①桃叶：女子名，此处借指恋人。

②湔（jiān）：洗。

③胡琴：乐器名。

**【译文】**

多少回伤春，又到了暮春时节，杨柳浓浓的绿荫，妨碍蜘蛛游丝牵引。天际小山边是桃叶埠，白蘋花盛开的河边是她洗裙子的地方。

我整天吟诵诗词长短句。帘影下、昏暗灯前，用胡琴诉说我的心声。稀疏春雨被风吹停，朦胧淡淡的月下白云飘来飘去。

**【赏析】**

这是一篇伤春怀人之词，上片写暮春情景，下片抒发相思之情。

上片"几许伤春春复暮。杨柳清阴，偏碍游丝度"，写景的同时抒

发了作者对春天逝去的伤感。"天际小山桃叶步。白头花满湔裙处"从伊人角度写，写出了伊人对自己的思念。"桃叶"是指心中爱恋之人。

下片"竟日微吟长短句。帘影灯昏，心寄胡琴语"，作者从自己入手，将自己的相思之情融入吟诗词、弹弦当中。作者并没有过多刻画自己有多思念心中人，而是通过描写生活中的细节，如"竟日微吟"、灯下弹琴等，将自己对她的思念融入其中。"数点雨声风约住。朦胧淡月云来去"描写了朦胧月色的情景，意象很美，作者从听觉、视觉为我们刻画景色。

## 【飞花解语】

"天际小山桃叶步。白头花满湔裙处"可对"花"字令。

"数点雨声风约住。朦胧淡月云来去"可对"云"字令、"月"字令。

# 宝扇重寻明月影，暗尘侵、上有乘鸾女

"宝扇重寻明月影，暗尘侵、上有乘鸾女"出自叶梦得的《贺新郎》。"宝扇重寻"写出了对伊人的思念，"尘侵"担心伊人因岁月摧残变老。这首词抒发了相思之情及对人生的感慨，是作者早期作品。

## 贺新郎
### 叶梦得

睡起流莺语。掩苍苔、房栊向晚，乱红①无数。吹尽残花无人见，惟有垂杨自舞。渐暖霭、初回轻暑。宝扇重寻明月影②，暗尘侵、上有乘鸾女③。惊旧恨，遽如许。

江南梦断横江渚。浪粘天、葡萄涨绿④，半空烟雨。无限楼前沧波意，谁采蘋花寄取。但怅望、兰舟容与⑤。万里云帆何时到，送孤鸿、目断千山阻。谁为我，唱金缕⑥。

**【注释】**

①乱红：落花。

②"宝扇"句：即白绢团扇，状似圆月。明月影，指团扇之影。

③乘鸾女：乘鸾鸟而飞的女子，此指扇画上的月宫仙女。暗指所恋之女。

④葡萄涨绿：上涨的江水碧绿如同葡萄酒。李白《襄阳歌》："遥看汉水鸭头绿，恰似葡萄初酸醅。"

⑤容与（yù）：徘徊的样子。

⑥金缕：唐代歌曲名。

**【译文】**

午睡起来，听着流莺啼叫，傍晚时分窗户下青苔上落了无数残花。这些被风吹尽的残花没人看见，只有杨柳随风舞动。云起渐暖，天气进入初夏，我重新寻找形似明月的宝扇，扇子上的灰尘盖住了乘着鸾鸟的仙女。它引起了我的旧恨，让我怅恨不已。

梦中的江南美好往事被横江的沙洲隔断。波涛拍天，上涨的江水如同葡萄酒一般碧绿，半空中洒下烟雨。在高楼上看烟波浩渺，勾起了我的相思，有谁采蘋花寄给我？我惆怅地遥望，木兰舟徘徊。漂泊万里的云帆什么时候归来？目送孤鸿离去，视线被千山阻隔，谁能为我唱一曲《金缕》？

**【赏析】**

这是一首抒情怀人之作。上片写了初夏醒来触物伤感；下片为想象，写了遥望江天、触景生愁。

上片"睡起流莺语。掩苍苔、房栊向晚，乱红无数"描绘了作者午睡醒后所见情景。"流莺语"写出了环境的幽静，而"乱红无数"可见春光流逝，见此景不免令人心生伤悲。"吹尽残花无人见，惟有垂杨自舞"进一步写了庭院景象，以残花无人见的静，突出了柳枝随风而舞的动，可谓静中见动。"宝扇重寻明月影，暗尘侵、上有乘鸾女"，春过之后即是夏季，作者想要寻找扇子，而找到宝扇之后，看到上面的图画，不禁睹物思人，勾起"旧恨"，一个"惊"字表明作者很惊讶，旧恨涌上心头。

下片"江南梦断横江渚。浪粘天、葡萄涨绿，半空烟雨"写作者在梦中来到意中人所在的江南地带，江南景色如此美丽，字句中也能看出作者欢快的笔调。"无限楼前沧波意，谁采蘋花寄取"，作者想象意中人独自倚楼凝思，看着碧波，抒发自己深厚的相思之情。"谁为我"，作者写出了无人能够理解自己的惆怅之情。

## 【飞花解语】

"吹尽残花无人见，惟有垂杨自舞"可对"花"字令。

"江南梦断横江渚。浪粘天、葡萄涨绿"可对"江"字令。